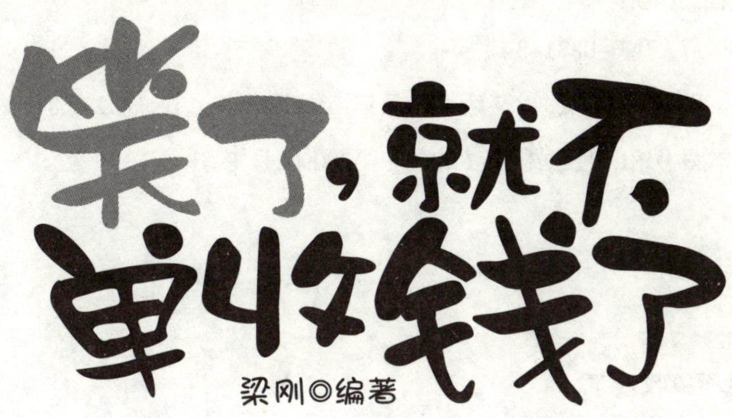

梁刚◎编著

当代世界出版社

图书在版编目（CIP）数据

笑了，就不单收钱了 / 梁刚编著. -- 北京 : 当代世界出版社, 2013.1

ISBN 978-7-5090-0871-3

Ⅰ. ①笑… Ⅱ. ①梁… Ⅲ. ①笑话—作品集—中国—当代 Ⅳ. ①I277.8

中国版本图书馆CIP数据核字（2012）第300902号

笑了，就不单收钱了

作　　者：梁　刚
插画设计：撤　职
出版发行：当代世界出版社
地　　址：北京市复兴路4号（100860）
网　　址：http://www.worldpress.com.cn
编务电话：（010）83908456
发行电话：（010）83908410（传真）
　　　　　（010）83908409
　　　　　（010）83908423（邮购）
经　　销：新华书店
印　　刷：三河市祥达印装厂
开　　本：730mm × 960mm　1/16
印　　张：14.75
字　　数：150千字
版　　次：2013年3月第1版
印　　次：2013年3月第1次
书　　号：978-7-5090-0871-3
定　　价：20.00元

目录CONTENTS

目录CONTENTS

笑了，就不
单收钱了

犀利搞笑的生活段子——猪肉涨价了

小苏去车站送人，吐了一口痰，恰巧被一戴红袖章的老太太逮个正着："随地吐痰，罚款10元！"小苏连忙问道："前几天才2元呀！"老太太撕下罚单说："现在罚单都变彩票了，你看这罚单上印有号码，每周二开奖，大奖1000元呀！你可要把单子收好，要记得去兑奖哦！"

何四与邻居发生争执，粗鲁地骂对方："你是猪！"此事被治安员知道了，于是要罚何四30元款。何四接过罚单，很不服气："上个月我也骂他是猪，你只罚了我20元。""很抱歉，"治安员苦笑一声，"近段猪肉涨价了。"

同事家装修房子，去建材市场转了转，最好的壁纸竟然报价3000元/平方米。一看这价格，我们算了下，建议道：“你不如直接用20块钱的纸币糊墙，每平方米不到两千元，还可以省一千多块钱，看起来还霸气。”

两个人，一个在大城市，一个在小村落。

一个年薪十万，买不起房，朝九晚五，每天挤公交，呼吸着汽车尾气，想着出人头地；一个无固定收入，住在湖边一个破旧的四合院，每天睡到自然醒，以摄影为生，到处溜达，没事喝茶晒太阳，看雪山浮云。一个说对方不求上进，一个说对方不懂生活。

今天走到单位的写字楼，搭电梯时有俩小伙子也上了同一部电梯，一个按了7层，一个按了9层，我按的10层。那两个人都是短信狂人，一路不停地按手机，结果电梯在4层停了一下，谁知道那个按7层的小伙头也不回义无反顾地就出去了。一会儿7层停了，那个去9层的小伙也义无反顾地出去了。

张老汉手里攒了点钱，决定进城潇洒一回。在城里逛了一上午，肚子饿了，便进了一家餐馆，点菜，服务员问他喝什么酒，他听说城里人时兴喝啤酒，自己没喝过，就想尝尝鲜，便问：“有啤酒吗？”服务员说：“有。”张老汉气派地说：“那给我打二两！”

被控醉酒驾车者的律师问的问题很中肯。逮捕被告的警员作证称，他索要驾驶执照时，被告在车上的手提箱里找了很久很久。

律师：“当时车里是不是很暗，手提箱里是不是塞了许多东西？”

警员：“是的。”

律师：“他摸索了大约多久？”

警员：“可能有5分钟。”

律师：“好，你是否为在又黑又乱的手提箱里找一小张纸而花费了时间而感到非常奇怪？”

警员：“是的，当时他在我的警车上。”

病人对牙科医生说：“你真会赚钱，只用3秒钟就赚了300美元。”医生回答：“如果你愿意的话，我可以用慢动作给你拔。”

18岁生日，爸爸一脸严肃地看着我，对我说：“你已经18岁了。”我很感动，以为爸爸要说什么长大成人了啊，是男子汉了啊之类的。结果他继续很严肃地说：“可以被判死刑了。”

晚上，老公告诉我，他买了1000元钱的彩票。我不满地说他败家，老公笑着说：“前两天，算命的告诉我，说我这几天财运旺，所以这次我肯定能中大奖。”说完，他就坐在沙发上，悠闲地喝着茶，

自言自语：“中了500万后，先买套四居室，再把家电全换成新的。还有，给老婆你买高档时装，高级化妆品，谁让咱有钱了呢。”我苦笑着去盛饭，一不小心，饭碗掉到地上摔碎了。这时，就听老公大叫道：“你先别急着摔东西呀，咱还没中大奖呢。”

公园的草坪上插着一块牌子，上面写着：“禁踩草坪，违规者罚款1元。”公园里的一位常客发现，与以前相比，牌子上写的罚款变少了，于是问公园里的服务人员：“为什么罚款降低了呢？以前不是要罚款5元？”服务人员：“5元没人踩。”

一80岁老头娶了20岁的小姑娘后，他的好友说：“真是委屈了人家姑娘，你都可以做她爷爷了。”老头很不满：“我更委屈，她爷爷比我小两岁，可我还得装孙子！”

一新娘问婚礼司仪：“请问你主持一次婚礼要多少钱？”司仪：“看情况。嗯，一般来说，新郎越帅，收费越高。”该女听后很腼腆地掏出5块钱递过去，司仪回头看了看新郎，然后很从容地找了4块5……

特意去超市逛了圈，发现三元牛奶很多产品的单价都在四五块钱甚至更多。觉得很气愤，不是明明“三元”吗？

一天，大家都在上美术课，王老师在黑板上画了一条鱼，大家都照着画，只有小明没有画。王老师生气了，她说：“今天是周五，下周一的时候你要画100条鱼过来。”到了星期一，小明只画了一条鱼，老师问：“你怎么只画了一条鱼呢？”小明说：“这是一条母鱼，它可以生出99条小鱼。”

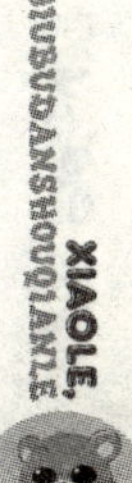

出来个师傅，把这位客人的牛肉切一下——想要几块切几块

记得我小时候，知道1加1等于2时，邻居家比我大一岁的姐姐居然会做1万加1万等于两万。她居然可以做到那么大的数字，我很佩服。她还说，等她上了大学就可以知道1亿加1亿是多少了。

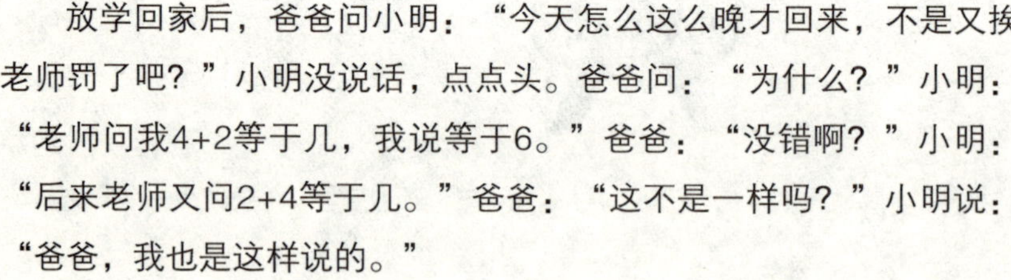

放学回家后，爸爸问小明：“今天怎么这么晚才回来，不是又挨老师罚了吧？”小明没说话，点点头。爸爸问：“为什么？”小明：“老师问我4+2等于几，我说等于6。”爸爸：“没错啊？”小明：“后来老师又问2+4等于几。”爸爸：“这不是一样吗？”小明说：“爸爸，我也是这样说的。”

★

某日，小丽下班刚回到家，儿子小悦就跑到她面前，得意洋洋地说：“妈妈，我已经学会砍价了！”小丽不解，问道：“你是怎样做的呢？”小悦说：“我拿着一些废品到回收站把它们卖掉，收废品的那个叔叔说一共8块钱，我说太贵了，他就5块给我买了！”

★

妈妈下班回家后发现苹果少了4个，就问小明：“我不是告诉过你吗？一天只能吃两个苹果！”“这个我知道，可是爸爸也告诉过我一天只能吃两个，根据爸爸和妈妈的意思，我一天不是应该吃4个苹果吗？”妈妈无语……

★

顾客：“服务员。”

服务员：“您好，有什么可以帮到您？”

顾客：“我15块钱一碗的牛肉面，就一块牛肉？”

服务员：“先生，那您希望是几块？”

顾客（暗喜）：“怎么也得五六块吧。”

服务员（冲后厨大喊）：“出来个师傅，帮这位顾客把这块牛肉切一下。”

★

有一天，悠悠对点点说：“你猜猜我口袋里有几块糖？”

点点说：“猜对了你给我吃吗？”

悠悠点点头：“嗯，猜对了两块都给你。”

点点说：“五块。”

有个老师闯红灯，被交警拦住。老师说：“拜托，我教课要迟到了。”交警说：“你是老师？谢天谢地，我等了20年了。把‘不再闯红灯’写100遍。”

老师：“大雄，老师给你90元，你再去跟胖虎借10元，这样你总共有多少钱？”

大雄：“0元。”

老师：“你根本不懂数学！”

大雄：“你根本不懂胖虎！”

同学的爸爸是出租车司机。那天两个男的伸手拦车：“到某某地多少钱？”

同学爸爸答：“大约10块钱吧。”

“两人15去不去？”

“去！去！”

大清早的楼上打孩子，哭天喊地跟杀猪似的。揉揉惺忪的睡眼，抱着阻止家暴的心态，敲响了楼上的房门打听了一下。原来这家孩子9岁，早上去买早点顺便遛狗，狗不听话，孩子比较生气，恰好遇到骑三轮车收狗的，于是以30元的价格，把这狗给卖了……当年买的时候是900元。

★

一人到某地患了病。他找当地人了解哪位医生医术高。当地人答：“我们这里有个规定，哪个医生看死一个病人，就在他的诊所里放一个气球。”这个人便开始寻找，有个医生的诊所里放了20个气球，另一个放了30个气球，最后他找到一家只放了10个气球的诊所。他走进去。医生说：“到后面排队去，我今天才开诊，真太忙了。”

★

一妇女开车超速，从交警的车边一闪而过，交警追上她后微笑地说：“就在你从我身后一闪而过时，我就知道至少有60！”妇女说：“我没这么老的，一定是今天戴的这顶帽子显得这么老。”

★

一个暴发户打电话给秘书：“娜娜，100万后面有几个零？”“6个。”秘书答。暴发户挂了电话对他的生意伙伴说：“听到了吧，100万后面有6个零，那200万后面就是12个零了。”

七夕一个人过，圣诞一个人过，情人节一个人过，有本事考试也让我一个人过啊！

什么是七夕？7.7，化成二进制还是111.111呢，说破大天不还是光棍节么？你们懂不懂二进制？

我不能给你整个世界，但可以把我的整个世界给你，一共500个G。

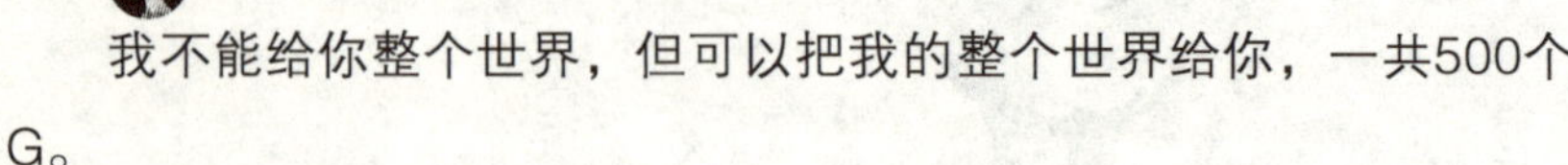

一只鸡修炼了一千年，终于成了精，结果变成了人们饭桌上的鸡精。

肠道总面积有200平方米，我们还没有屎住的地方大，真是生不如屎啊！

我和妻子已经18个月没说话了，我没机会打断她。

一只北极熊孤单地待在冰上发呆，实在无聊就开始拔自己的毛玩，一根，两根，三根，最后拔得一根不剩，然后他就冻死了。

如果我们之间有1000步的距离，你只要跨出第1步，我就会朝着你的方向走其余的999步。

1+1=2，你知道得也太多了

有一女大学生，和男友分手，说：“我又找了个体育系的男朋友，咱交往一年，你得给我2000元青春损失费。”男生惧怕其“体育系新男友”，又想找个方式出口气。交钱那天，姑娘与新男友到场，前男友带了10个男生，每人走过来给姑娘200块钱，三四个过后姑娘就哭得不行了，新男友也分了。

买橘子，老板：“一块五一斤。”我：“太贵了，五块钱三斤吧。”老板：“不行不行。”

一个精神病患者突然拿枪指向一个人的头大声问道：“1+1等于

几？”被指的人大惊，本能的反应脱口说出了答案：“2！”然后听到砰的一声，精神病患者开枪打死了他。嘴里说：“你知道得太多了！”

乞丐：“好心的先生，为何在两年前你每次都给我500块，去年却减为200块，而今年只有100块了呢？”

男子：“因为两年前我还是个单身汉，去年我结婚了，而今年我添了一个孩子，所以，必须少些花费，以维持生计。”

乞丐非常生气：“你怎么能够这样！居然用我的钱，去养活你的家人！”

顾客拿着一张优惠券，10元的大包鸡米花。

我：“您稍等一会儿。”（拿了一包大鸡米花，帮她打包。）

我：“您的东西齐了，一共10元。”

顾客：“什么？我不是有券的吗，怎么还要钱啊？”

我：“……”

“烤翅怎么卖？”

“八块五一对。”

“哦好，给我来三个。”

包租婆来算房租时，算下来是1999元。我给了20张100元给她，

看看口袋里刚好也有一元，我就递她说：“我这里刚好有一元，不用找了。”她懵了一下，也收下了。过后我想想，感觉好像有哪里不对劲。

某日，一个大学老师提问一学生：“树上有十只鸟，开枪打死一只，还剩几只？”学生反问：“是无声手枪吗？”“不是。”“枪声有多大？”“80—100分贝。”“在这个城市打鸟犯不犯法？”“不犯。”“您确定那只鸟真的被打死了吗？”“确定。”这时，老师已经不耐烦了：“你告诉我还剩几只鸟就行了，OK？”“树上的鸟里有没有聋子？”“没有。”“有没有被关在笼子里挂在树上的？”“没有。”“边上有没有其他的树，树上还有没有其他的鸟？”“没有。”“如果有鸟怀孕了，算不算肚子里的小鸟？”“不算。”“打鸟的人眼有没有花？”“没有花，就十只。”老师已经满头是汗，且下课铃响，但学生继续问：“有没有傻得不怕死的鸟？”“都怕死。”“会不会一枪打死两只？”“不会。”学生满怀信心地说：“如果您的回答没有骗人，打死的鸟要是挂在树上没有掉下来，那么就剩一只，如果掉下来，就一只不剩。”老师当即口吐白沫倒在地上！

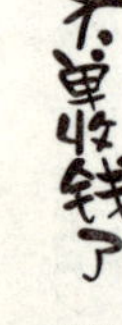

有两个造假钞的不小心造出面值15元的假钞，两人决定拿到偏远山区花掉，当他们拿一张15元买了1元的糖葫芦后，他们哭了，农民找了他们两张7块的。

生活真是没劲儿，上个月我的一个哥们儿向我借了4000块钱，说要去做一个整形手术，结果现在完全不知道他变成什么模样了，哎，4000块。

小白兔蹦蹦跳跳到面包房，问：“老板，你们有没有一百个小面包啊？”

老板：“啊，真抱歉，没有那么多。”

“这样啊……”小白兔垂头丧气地走了。

第二天，小白兔蹦蹦跳跳到面包房：“老板，有没有一百个小面包啊？”

老板：“对不起，还是没有啊！”

“这样啊……”小白兔又垂头丧气地走了。

第三天，小白兔蹦蹦跳跳到面包房：“老板，有没有一百个小面包啊？”

老板高兴地说：“有了，有了，今天我们有一百个小面包了！”

小白兔掏出钱：“太好了，我买两个！”

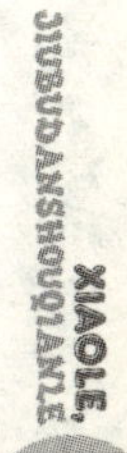

昨晚12点多，我在宿舍里睡得正香，手机响了，很无奈地接起，迷迷糊糊地问：“谁啊？”电话里说：“我在厕所，给我送点卫生纸。”我说：“今天太晚了，明天吧。”然后就把电话挂了。

他打开QQ，看到暗恋了三年的女同学发来一条消息：“老公我需要钱，汇到×××。”他微微一笑二话不说给盗号的汇过去200块钱。

然后打电话跟女同学表白，很快二人就在一起了。

今天全家在家大扫除，我和弟弟翻一个旧箱子，居然翻出来了1000块钱，爸妈都在现场，我认为是他们两人某个藏的私房钱。没想到爸妈都不承认是自己藏的，最后我和弟弟一人分了500。

同事老公不喜欢逛街，每次她去逛街，老公都找各种理由逃避。

一次，她看中了一台8000元的空调，刷信用卡的时候对收银员说：“给我分4次刷！”

过了5分钟，她手机响了，老公破天荒地要来陪她逛街。

原来，她老公收到了来自信用卡公司的短信：“第一次刷1000元，第二次2000元，第三次2000元，第四次3000元……”

征婚启事与程序说明书其实很相近。

征婚启事：年方30，身体健康，营养良好，五官端正，思维敏捷，风趣幽默，待人和善，工作稳定，无不良嗜好。

程序说明书：版本3.0，兼容性好，占用空间小，包装精良，运算速度快，人性化设计，界面友好，运行稳定，不占资源。

小王已不在人事了——你懂的

小王在10楼人事部门工作，一个月前，被调到9楼行政部门去了。今天，小王同学打电话到人事部门找他："小王在吗？"

接电话同事说："小王已不在人事了。"

小王同学："啊啊！？什么时候的事啊，我怎么不知道啊，还没来得及送他呢？"

"没关系，你可以去下面找他。"

"妈妈，我今天省了100元。"

"你怎么省的？"

"这很容易，你给玛丽太太的匿名信我没有送到邮局去，而是直

接送到她手里去了。”

贴在美容镜上的标签经常使我感到我的钱花得很值得，它却使我8岁的女儿很忧虑。她很勉强地坐在椅子里，指着镜子问：“如果那是真的，我会出什么事呢？”“标签上写着什么呢？”“我能使你看起来年轻10岁。”

儿子战战兢兢地回到家：“爸，今天考试我只得了60分。”爸爸很生气：“下次再考低了，就别叫我爸！”第二天儿子回来了：“对不起，哥！”

公司一MM，前阵子QQ签名是 5.05 6.10 7.12 8.18 9.23（ ）。我研究来研究去，算不出来，发给公司一个数学天才，也没做出来。最后只好问她：“括号里的数，是多少啊？”MM答道：“我哪知道，还没来呢……”

一名农业大学的学生回家探亲，路过一果园，见一果农在剪裁果树，他想显摆自己的学问，就上前对那果农说：“大爷，像你这样剪

裁，这树要能结十个苹果，我就很惊讶啦！”老头半抬着头看了他一眼说：“何止你惊讶，连我也惊讶，这是棵桃树！”

人的染色体有23对。生物老师提问：“人的染色体有多少对啊，同学们？”

一同学大声答道：“64对啊！”

老师淡定且严肃地点点头：“嗯，现在告诉我，你来地球的目的是什么？”

大学时，女友要我每天给她买一个煎饼果子吃。

大学门口有两家卖，一家卖三块，一家卖三块五。

但是女友只吃三块五的，原先以为女友觉得三块五的好吃。

后来我才知道，卖三块五的那家是她们家开的。

一日，阿呆跟五位好友在饭馆喝酒，大醉而归，对老婆说：“今天有点怪。六个人喝酒，敬我酒的只有五个人，不知道得罪了哪个？”

老婆又气又好笑，说：“那个人很可能是阿呆。”

阿呆点点头道：“这个人名听起来很熟，应该就是他！”

昨天晚上整个小区突然断水断电，持续到今天早上。

居民们集结在物业办公室，各种暴躁各种吵闹，物业表示只能等待，无法确定恢复时间。

大家当然不干啊，物业主任安抚大家说：“你们看这个外国业主就很有素质，一直很冷静嘛。”

突然这个外国女孩操一口流利中文说：“我住30楼，跑下来累了，歇会儿再骂你。”

物理课时老师提问：“11伏、30伏、220伏、1000伏和3500伏的电压，哪个可以摸，哪个不可以摸？”学生：“都可以摸，但有的只能摸一次。”

记者采访一老板：“社会上传言您不识数，对此您有什么看

法？”老板不屑一顾，伸出三个手指说：“送他们五个字——一派胡言！”

北京面馆最大的特色就是吆喝。那天去吃面，跑堂吆喝上了：“5号桌，炸酱面两碗。”吃完结账，一共是25元8毛，甲说：“给你26，别找了。”跑堂接过钱便吆喝：“5号桌有客送小费2毛。”满大厅的人回头看他，甲脸红了：“得，那2毛你还是找我吧。”跑堂又吆喝上了：“5号桌的2毛小费又要回去了！”

妈妈：“这次外语考试，琪琪考了85分，你考了多少分？”孩子：“我比他多一点。”妈妈：“86分吗？”孩子：“不是，是8.5分。”

给孩子起乳名的时候，老婆看新闻上说贝克汉姆的女儿因他的球衣号码而取名小七，遂问老公：“老公你踢球穿几号球衣？”老公：“3号！”

一80岁老翁告诉医生说：“我使我22岁的妻子怀孕了。”医生说：“有一次我去打猎，迎面扑来一头狮子，我急忙扣动扳机，枪没响狮子却被打死了。”老翁说：“这不可能，一定是有别人射中了狮子。”医生说：“我也这样认为。”

有一病房里面有俩小男孩，一个3岁一个2岁。那个2岁的小孩没穿衣服一直在那儿哭，估计是来医院吓得吧。接着3岁的小男孩拿起手机给2岁小孩拍了一张照片，说：“哭什么哭，再哭就把你裸照发网上去！”一屋子的大人顿时就笑翻了！

高中历史考试，考中国近代史，列举中国1950—1985年发生的三件大事。我们班里一神人不会，毅然列举：1952年我爸XX出生，1955年我妈XXX出生，1982年晴天霹雳，我——XXX诞生了！这张考卷第二天被贴在通告栏公示了一个星期，据说老师哭笑不得……

有一次买书，店老板告诉我：“这书35块，回去千万别翻开最后一页，否则会发生一件很恐怖的事！”

回去了，我按捺不住好奇心，翻开最后一页，果然发生了一件好

恐怖的事！只见最后一页写着：原价15！更恐怖的是后面还写着：现价10块！

一个小男孩对一个小女孩说："等我有钱了,咱买棒棒糖，买两根，一根你看着我吃，另一根我吃给你看。"

偶然在大街上相遇的数字们的爆笑对话

6碰见9说："走两步就走两步呗，练什么倒立啊！"

0碰见8说："胖就胖呗，还系什么裤腰带啊！"

7碰见2说："行了别跪着了，再跪也不嫁给你！"

5深爱着2，表达爱意时却遭到拒绝，5大吼："为什么？这一切都是为什么？"2不好意思地说："俺妈说了，我不能找个挺着啤酒肚的。"

0碰到10，看了他一眼，不屑地说："年纪轻轻的，拄什么拐杖呀！"

0碰到101，很同情地看着他："哎，怎么拄上双拐了！"

0碰到01，瞥她一眼："小样，傍上大款我就不认识你了？"

0碰上00说："胖子，怎么不等我就结婚了？"

0在路上看到9：“哎，兄弟，怎么截肢了……”

2对7说：“哥们，你怎么能不穿鞋呢?”

7对2说：“哥们，你怎么老了呢?弯着腰!”

9要外出，临走时碰见了6，说：“我要走了。”6说：“走就走呗，还玩什么倒立？”

4、5、7三位在南非相聚了，见大家都冷落它们，各自发出肺腑的感叹。

4开口讲：“怪就怪广东人的舌头，让俺跟死神挂上了钩，成了人人畏惧的幽灵，就连有俺的汽车牌照和手机号码都没有人敢用！”

5说话了：“在5分制时，我就等同于100分！可是如今却成为网民们聊天时的哭泣声了，气死人了！呜……呜……呜……”

7闷闷不乐地说：“俺这明媒正娶的妻子，地位一落千丈！不仅要受老公的冷落，还要受二奶、三奶的窝囊气，更可气的是那些丫头级的小蜜，也敢骑到俺头上！俺都不知什么时候起，成了家中摇摇欲坠的那杆红旗了。”

让人头晕的科学数据

如果你大叫8年7个月又6天，你声音的能量就可以热一杯咖啡。

如果你连续放屁6年又9个月，放出气体的能量就可以造颗原子弹。

人的心脏可以产生把血液喷出3米高的压力。

把头撞墙一小时可以消耗150卡路里。

没有头的蟑螂在饿死之前还可以活9天。

有些狮子在一天之内可以交配50次。

世界上50%的人从来都没有接过电话。

如果你打电话超过一个小时，那么你耳朵里的耳屎会增加大概700倍左右。

据说，在你睡觉的时候，不知不觉中会吃入70多种虫子和10多只蜘蛛。

我还差九十九块就攒够一百了——革命尚未成功，你继续努力

运动员投篮，连投五次都没投进，教练道：“笨蛋！瞧我的！”投了五次也不进，“看见了吗？你刚才就这样投的！”

夫妻俩在谈论《三国演义》。妻子说：“曹操率领81万人马出征……”

丈夫听了，立刻纠正说：“不对，人家是83万人马。”

妻子说：“是81万。”

丈夫说：“是83万。”

两人争执不下，干脆去取书。丈夫上炕取书时，把被窝里睡得正香的孩子踩了一脚，孩子哭了起来，妻子说：“该死的，把娃踩死

了！”

丈夫听了，不耐烦地说：“两万人都叫你给说没了，还在乎这一个半个的。”

一农民兄弟到汽车销售中心，掏出2000元人民币往桌上一拍：“给我来辆桑塔纳。”营业员大惊：“您的钱不够啊！”农民兄弟不解：“外面不是写着桑塔纳2000吗？”营业员笑着说：“大哥，您出门往右拐，那家公司的奔驰才600！”

小学四年级时，同学们都节约零钱，要捐助灾区。

有次老师在班上问我们攒了多少。

小明说：“我攒了5元。”

小亮说：“我攒了10元。”

最后到我，我说：“我还差99块就100了！”

老师一听很高兴，可我慢慢发现老师的脸色又变了。

父亲给儿子定下的伙食标准：80分吃米饭；70分吃馒头；60分吃面条；不及格的话，那就只能喝稀饭；如果想吃饺子，必须考到90分以上。

期末考试，作文题目是《理想》。

儿子写道：“我这学期的理想就是能吃上饺子。但是我清楚地知道，以我常年吃馒头、偶尔还要喝稀饭的水平，离吃饺子的标准还差得很远。”

在礼品店里，一个男士皱着眉头对服务员说：“小姐，我要买贺卡，但是卡片的词你要帮我想。”

服务员：“可以啊。”

男：“要特别深情的那种，送给我的女友。”

服务员：“‘你是我今生唯一的爱’，如何？”

男：“好！来六张！”

主持人采访一位18岁的百万富翁，问他是怎么做到的。“其实我没有受过什么正规教育，一直在家里待着。”主持人：“那一定是你父母培养得好了。”“那也没有，我父母也没教过我。18岁生日那天，我父母把我叫到身边说：‘孩子，这是你不上学这些年攒下的钱……’”

顾客说：“大姐，你能不能快点，我在窗口已经站了10分钟了。”营业员答：“10分钟算什么，我坐在窗口后面已经30年了。”

教我们化学的老先生近视800度，一次上课在黑板上板书后转过身来突然指着我大喊：“你站着干什么！给我坐下！”我当时正坐在最后一排的座位上，而我身后的墙上挂着我的大衣……

一70岁老头丧妻不久就娶一美女为妻。朋友问之，老头咧嘴直笑："我谎报了年龄。"朋友："你说只有50岁？"老头："不是，我说我已经90了。"

大学时，一男生苦苦追求一女生，无果，在写完第29封信后，女生总算回信一封，信中只有"61"两数字，别无他言。该生苦思，不得其解，于是问同宿舍的爱情专家。专家释曰："61，乃音乐系女生所作，顾名思义——拉倒！"

甲："你一般只喝2瓶酒，今天咋喝了4瓶啊？"

乙："其实我喝2瓶就差不多了，但我老婆不乐意呀。"

甲："她怎么会不乐意？"

乙："一到家，她总是埋怨我，真该死，又喝个半醉！"

有人问老爸："你一抽烟就笑，是不是烟忒香啊？"

老爸回答："呵呵，我看书上说，抽一支烟减寿5秒，笑一笑则长寿10秒，所以每次抽烟我就要笑一笑，为生命赚回5秒钟。"

过新年时，全家甚欢，饮酒助兴。大舅平日爱酒，举杯道："斟满!"

舅妈下令："只准倒1/3杯。"

大舅讨好道：“过年图个吉利，好事成双，1/2杯，可好？”

舅妈说：“也行，2/6杯，上下都成双!”

一优雅的女人走进售楼部询问楼房价格。

置业顾问说：“一楼100万，二楼90万，三楼80万，四楼70万……”

女人想了想，转身就走。

置业顾问纳闷：“这洋房难道不合你心意？”

“不是！”女人说，“非常满意。绿化好，交通又便利，但是你们盖得不够高。”

小雷和小海是好哥们儿。小雷结婚时，小海送了个红包，装着2元和一张字条：“礼金500元，赊账498元。”

半年后，小海结婚时，小雷也送了个红包，装了一张纸条：“礼金500元，赊账2元。”

“十元”商品店正在搞促销，营业员的身上披着“十元”宣传海报。

一个老汉路过。

营业员：“大叔，进来看看吧。”

老汉站住了，看了看。

老汉：“这，全都十元？”

营业员：“我们都卖十元！”

老汉：“都没什么问题吧？”

营业员：“绝对没有！请随意挑选！”

老汉一听乐了，赶紧掏钱。

老汉：“给二十！我要俩！”

说完拉着两个营业员就走。

老汉：“要知道城里姑娘恁便宜，早来买上俩，咱那俩傻儿子就不用打光棍了！”

结账时，老板娘的话亮了

一外地人开车，不小心撞死了本地人的一头驴，本地人很淡定："三千块！"外地人找了半天，只有两千，本地人同意了。外地人说："既然给你赔了钱，驴我就拉走了啊。"高潮来了，本地人十分气愤地吼着："为什么！我把你爹撞死，赔给你钱完事再把你爹拉走啊！"

家里电脑有问题，就装了一个360安全卫士。结果我妈一边打毛线，一边问我："那还有5天怎么办呢？"

老妈心态很乐观。某天，老妈有点惆怅地自言自语："唉，一转

眼就50了。”正准备安慰她，又听见她悠悠地说了后半句：“人生的三分之一就这么过去了啊！”

那年，我们开车出去旅行，沿一条偏远的公路刚开出没多远，就看到一块路牌，上面写着：“距此10公里处有冰。”

又开出5公里，另一块路牌上面写着：“距此5公里处有冰。”

再向前行，第三块路牌上面写着：“距此0.5公里处有冰。”

我们几乎是一点点“挪”过了那半公里。

最终我们来到了最后一块路牌旁。

牌子立在一家小食品杂货店外，上面写着“冰每份2元”。

小时候一个叔叔给了我一张一百元，让我叫他爸爸，我把钱撕了没理他，我爸至今都很感动啊！

然后我妈说：“那么点大不认识钱，要是给她个糖，她早就叫了。”

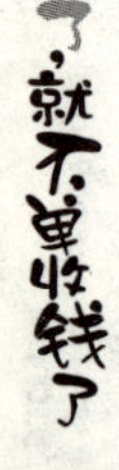

在一饭店吃饭，结账的时候老板娘说：“七八六十五，收你六十，以后常来。”

收到一短信：“把钱打到××账号，王××。”

想起网上整骗子的方法，回了：“100万是一次打过去，还是分两次打？”

随后立马收到回信：“你已成功定制××，包月30元。”

刘姐新烫了个头发，大波浪，很洋气。

我问她：“花了多少钱？”

刘姐说：“六百多，心疼。”

我笑道：“可年轻了很多啊，还是挺划算的。”

刘姐叹道：“我老公说，本来可以更划算。”

“怎么个划算法？”我问。

“他说，六百多块买肉，吃下去长身上的肉能把鱼尾纹撑开，最少能年轻十岁！他和儿子也能跟着解解馋，骨头还能让我家小狗啃上好几顿。”

一个4岁的小男孩抱着3岁的女孩亲了一下，小女孩羞涩地说：“你可要对我负责哦。”小男孩豪爽地说：“放心吧，我们都不是一两岁的小孩子啦。”

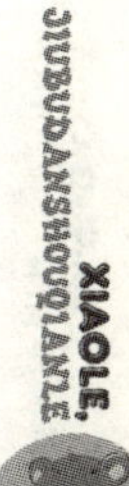

等我有了钱，我就买两辆宝马，一辆在前面开道，一辆在后面护驾，我在中间骑自行车！等我有了钱，买十三亿辆自行车中国人一人送一辆，我去坐公交车，看谁还敢挤我！等我有了钱，笔记本买两台，一台挂游戏，一台挂QQ；等我有了钱，盖两个游泳池，一个洗头，一个洗脚。

我发现大学生经常熬夜有三大弊端，第一，记忆力越来越差，第二，数数经常会数错，第四，记忆力越来越差。

一位男子去看医生，对医生说他近期感觉很不好。

医生给他做了检查，然后离开诊室，接着拿了3瓶不同的药回来。

医生说：“早上起床时用一大杯水服用一粒最大的药片。午饭后用一大杯水服用一粒粉红色的小药片。睡觉前用一大杯水服用一粒红色的药片。”

听到要吃这么多药，男子被吓住了，他结结巴巴地说：“天啊，医生，我到底是什么毛病？”

医生说：“你喝水不够。”

驾校教练在教一名女学员换轮胎，演示了好几遍，她还是似懂非懂。

第二天，女学员来到驾校，对老师说：“我已经学会了。”

教练问：“怎么一夜不见就学会了？”

她解释道：“你教我的，我没有完全记住，今天早上，我把我老公汽车轮胎里的气放掉了，然后我站在一边观察他换轮胎。”

有个酒鬼，酒瘾甚大，每天不喝个一斤半斤的，日子根本没法过。可自从他到一家酒铺买酒喝后，他现在竟然把酒戒掉了。

这天，他买了礼品，高兴地来到这家酒馆，前来道谢。

店老板惊讶地问：“你买酒，我卖酒，有什么好谢的？”

酒鬼一脸严肃地说：“当然要谢！这几年要不是你循序渐进地往卖给我的酒里掺水，我现在怎么可能戒酒啊！现在，我在家喝杯水就可以过酒瘾了。”

MM：“前几天我生你的气了！”

我：“为啥？貌似我没惹到你啊！”

MM：“那天我问你500万和恋人之间只能选一个，你选哪个，结果你选了500万，于是我就生气了。”

我：“囧，然后呢？印象中我好像还没跟你道歉吧？”

MM：“没，不过后来我想想，我也会选500万，所以我就原谅你了。”

我：“……”

和哥们儿一起去吃饭，结账，老板：“184，给180得了。”

我瞅了眼账单：“不对啊老板，这不是我们这桌的。”

老板：“啊？你们不是5号啊？”我说是4号，老板忙说对不起，连忙翻到我们的账单，“兄弟，240，谢谢啊！”

哥们儿：“叫你多嘴！”

毕业吃散伙饭时，同学甲喝了几杯酒后，走到自己暗恋了4年的女生面前，对她说：“让我给你看看手相吧。”

女生：“你会看手相啊，看得准不准啊？”说着还是递上了自己的右手。甲端详了一阵说：“虽然看手相这事不靠谱，但是我还是看出了一件事情！”

女生问看出了什么，他说：“你，五行缺我！”

因为小包纸巾用得太快，我就买了个大包的，200抽，放外衣兜里。

出去吃面，完了拿纸擦嘴，又塞进兜。

旁边的小孩就喊：“爸爸你看那个叔叔好可恶，吃完把纸都拿走。”

丈夫工伤1年未醒，自己怀孕5个月——超有才的乞讨语

一公路上发生严重塞车，一个人来到一司机窗前说道：“恐怖分子劫持了领导，索要100万，如果不给，他们会点燃领导身上的汽油，我是来筹集善款的。”

司机问道：“现在筹集了多少？”

这人答道：“60只打火机。”

股市收盘后编辑部门会议，小编邻座大哥迟到，领导面有愠色：“几点了？”大哥答：“2055点。”领导怒：“我是问你什么时候！”大哥：“收盘的时候。”领导急了：“你给我出去！”大哥无

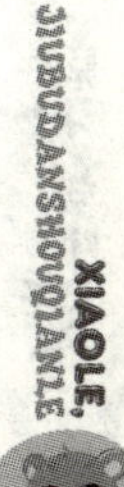

奈状：“出不去了，全跌停了……”

某人去超市买东西，结账时，收银员说：“先生对不起，你这个100元是假的！”那人故作震惊状：“不可能啊？！这是刚刚在肯德基找给我的啊！”

大街上看到一个行乞的妇女，面前的地上写着：“丈夫工伤1年未醒，自己怀孕5个月，生活艰难……”

一个平凡人的人生：一岁出场亮相，十岁天天向上，二十远大理想，三十基本定向，四十处处吃香，五十发愤图强，六十告老还乡，七十打打麻将，八十晒晒太阳，九十躺在床上，一百挂在墙上。

中午刚睡醒，寝室一哥们儿在填表，很着急地问我：“上周五是星期几？”我拿出手机打开日历，然后很认真地回：“是星期五。”丝毫感觉不到任何不对……

老师问小明几岁了，小明说：“5岁。”老师又问：“那你爸爸几岁了？”小明说：“5岁。”老师问：“为什么呢？”小明说：“因为我出生时他才做爸爸的。”

逛超市时，看到一收银员阿姨在数手中的一大把硬币。这时有个小孩跑过，边跑边唱：“门前大桥下，游过一群鸭，快来快来数一数，二四六七八……”接着我就看到阿姨很郁闷地把数了一大半的硬币又倒回去重新数过。

一个外星人遇到了一位农夫。外星人伸出三根手指，农夫伸出五个手指，随后外星人伸出八根，农夫就伸出大拇指。农夫回到家后，对他妻子说：“今天我在街上遇到一个算数很好的外星人，他说三，我说五，他算出等于八，我给了他一个大拇指。”而那外星人回到家对他妻子说：“我今天在街上遇到一个杀猪很厉害的农夫，我说我一次能杀三头猪，他说他一次能杀五头猪，我说我是用枪打死的，他说他是用大拇指捏死的……”

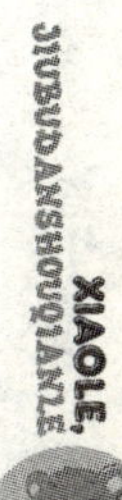

小明上课不认真听讲，老师让他背课文，小明不知，只背了一句，老师：“10、9、8、7、6，快说下一句是什么。”

小明恍然大悟：“5、4、3、2、1。”

一个刚上班的女员工在给一条公路刷线，老板发现她第一天刷了4公里，第二天刷了2公里，第三天刷了1公里。于是就问她：“你怎么一天比一天慢啊？什么情况？”女员工回答说：“因为我离油漆桶一天比一天远啊！”

李四领到工资时发现少了十块钱，便气冲冲地责问出纳员。出纳员说：“上月多给了你十块钱，你着急了吗？”李四说：“偶然一次错误可以谅解，第二次绝不能容忍。”

某地要建一个游泳池，媒体们纷纷动员大家捐款。女记者对一位老大爷说：“大爷，您打算捐多少？”老大爷斩钉截铁地说：“我捐两桶水吧！”

妈妈向爸爸告状：“你该管管咱们的儿子了，你看他的考试卷，问90减45等于多少，他答等于下半场。”爸爸对儿子说：“怎么能这样回答呢？不是还有加时赛呢吗？”

法官：“你犯了什么罪？”

犯人：“我挪用200元公款，但是我还给国家了，一分都没有拿。”

法官：“你怎么还的？”

犯人：“买彩票了。”

男子问朋友：“听说你谈对象了？”

朋友答：“是的，成功了三分之二了。”

男子疑惑道：“此话怎么讲？”

朋友解释道：“媒人同意了，我同意了，但女方还没同意。”

一哥们儿用山寨机，巨羡慕用苹果的。

正好移动店搞活动：充699话费送摩托罗拉，充799话费送三星，充199话费送苹果。

然后那哥们充了199，提着二斤苹果回来了……

弟弟骑车把一个胖姑娘给撞了，结果姑娘说：“你陪我去医院给膝盖抹点红药水就行了，不要什么赔偿。”弟弟说：“妹子你真厚道，来，你把裤腿撩起来，我看看伤得重不重……咦，你这腿肚子是胖得还是撞得啊，这么粗！”姑娘后来跟弟弟要了1000元赔偿费。

女友过生日，帅哥花了一大笔银子买了个QQ号码送给女朋友，号码是1314520，代表“一生一世我爱你”。买回来后，却怎么都登陆不上，提示密码错误。帅哥仔细一看，原来那号码是1314250。

研究表明，人的大脑在思考时的功率约是20瓦，期中考试一共考了560分钟，一共做功672000焦耳，不考虑摩擦，这相当于把五个老师从200米的高空扔下来所释放的能量。

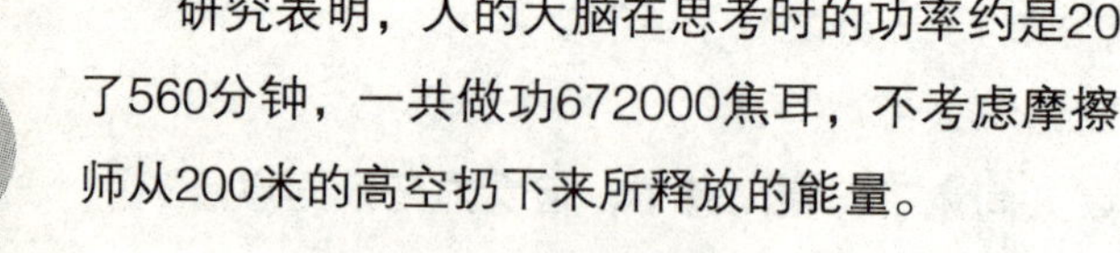

教师节快到了，小红不知道该送给老师什么，于是就跟爸爸说：“小刚送了老师束花，说是自个家种的；小李送了老师一张贺卡，说是自个做的；小兰送了老师一块蛋糕，说是自个烤的。”爸爸想了想，拿出100块钱说：“把它送给老师，就说是自个家印的。”

少壮不努力，老大徒伤悲——哈哈，我是老二

我和男朋友在出租车后排坐着。车快到的时候，我问多少钱，司机说：“18。”男友就开始翻包掏钱。我兜里正好有钱，就一边掏出了一张20元的给了司机，一边对男友说：“不用找了。”男友还没反应过来，却听司机说了声：“那就谢谢了啊！”

当我照例在下午5点下班回家时，发现妻子情绪不佳，其结果当然是短兵相接和令人不快的态度，我的所作所为没有一样是对的。到了晚上7点，事态还不见好转，于是我提议我走出去，假装刚到家，然后一切从新开始，妻子答应了。我出门后，再一次进来说道：“亲爱的，我回来了！”“你刚才上哪儿去了？”妻子厉声问道，“已经

7点了！”

小米奇正在学中文。一天，家庭教师对他说：“米奇，不要太贪玩，中国有句古话说得好：‘少壮不努力，老大徒伤悲。’”米奇瞧了眼正在打电脑游戏的哥哥，笑着说：“没关系的，我是老二。”

丈夫：“亲爱的，你这次出差，我想你都要想疯了。”

妻子：“瞧你，我不过才走了四天。”

丈夫：“可是，整整四天我都没有找到钱箱的钥匙！”

一农夫带着老婆和三个孩子进城去，在公路上拦了辆出租车。农夫问司机：“到城里要多少钱？”司机说：“大人每人100，小孩子免费。”农夫冲着他的孩子们说道：“你们坐出租车去吧，我和你妈坐公交车去。”

老人在临终前立下遗嘱，把他所有财产的一半送给一个名叫Mary的女人。“因为她，使我这40多年来的日子充满了平静、安详和幸福！”“为什么呢？”“因为40多年前的她拒绝了我的求婚！”

太太：“我在结婚前才43公斤，现在都快53公斤了，好可怕!”

丈夫：“是呀！这可是在我的各种投资中，唯一有长进的一

项！”

八哥会算术。一人问：“1 + 1 = ？”八哥答：“2。”“1+2=？”八哥答：“3。”“1+3=？”八哥思考。那人傲慢道：“4！”八哥惊喜：“你都会抢答啦？”

猫和鼠演小品：“我叫白云/我叫黑土，我十一/我十五，我是她老公/我是他老母，她能飞是蝙蝠/他长得像老虎，我是机器猫/我是米老鼠。”

笨鸟有四种选择：1.笨鸟先飞；2.笨鸟后飞；3.笨鸟乱飞；4笨鸟不飞——从容不迫，然后下一个蛋，把希望寄托在下一代！

我行ATM机在客户输入支取金额前屏幕会有一段提示，大意是：“本机可为您提供100元和50元票面人民币现钞，请您输入金额后按确认即可。”有天来一客户，在柜台要求用卡取现2000元，柜员提示说也可到门外窗口的ATM机取，客户坚决摇头：“不行！你们的机子太落后，每次只能取100元，我上次取1500元，取了15次。”

公司经理让人在墙上挂上“想做就立即去做”的标语，希望以此激励员工的积极性。过了一段时间，老板的一个朋友问他这个举措效果如何，老板愤怒地说：“出纳拿了10万元逃走了，办公室主任和我的女秘书私奔了，几十个员工一起要求加薪！”

吃饭的时候，服务员拿了一瓶酒上来，先生问道：“多少钱?”服务员说：“2万。”先生说道：“开，开，开……”服务员扑通一下，把瓶盖子打开，先生突然又来了一句：“什么玩笑。”

老妇：“你们的戏里要聘用一位女主角，我特来应征。”导演：“是的，但你来迟了。”老妇：“我刚看到广告就立刻赶来，怎么会来迟了？”导演：“你来迟了20年。”

空中小姐用和谐悦耳的声音对旅客命令道：“把烟灭掉，把安全带系好。”所有的旅客都按照空中小姐的吩咐做了。过了5分钟后，

空中小姐用比前次还优美的声音命令道：“再把安全带系紧一点吧，很不幸，我们飞机上忘了带食品。”

李先生家有三个丫头，分别是5岁、3岁、1岁。李先生每天下班回家，三个丫头就先后拥上来，把他缠得没办法。最后，他总是讨好地说：“乖，乖，不要吵。老大最乖，老二也乖，只是老三一点儿也不乖。”李太太听了颇不服气：“这话怎么说？都是一样嘛！”李先生笑着说：“你何必认真呢？反正老三听不懂嘛。”

儿子今年三岁，已懂得从一数到十，也知道五比一大；我也随时找机会教他，问他小狗小猫哪个大。有一次，我左手拿一块巧克力，右手拿两块巧克力，问他：“哪一边比较多？”儿子不回答，我耐心地继续追问，儿子突然放声大哭，说：“两边都很少啊！”

男子去东北出差，在饭馆要啤酒。

服务员问：“您要常温的还是冷藏的？”

男子怒道：“这大冷天的你还让我喝冷藏的？！”

服务员淡定地说：“常温的零下15°，冷藏的零下1°！”

男子去买车，需要10万元，可男子只带了99998元，就差2块钱。突然，男子发现门口有一乞丐，于是走过去对乞丐说：“求你了，给我2元钱吧，我要买车！”乞丐听后，大方地拿出了4元钱递给

男子，说：“帮我也买一辆！”

编辑：“1+1=?”

作者：“1+1=2”

编辑：“退稿。平铺直叙，文不喜平！”

作者：“1+1=3”

编辑：“退稿。胡言乱语，不合时宜！”

作者：“1+1=3-1”

编辑：“采用。迂回曲折，文笔好极！”

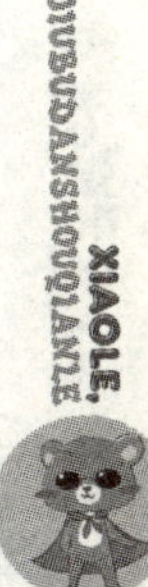

笑死人不偿命

儿子管媳妇要5块钱买烟，可媳妇说啥也不给。

爹见状，对儿子训斥道：“兜里竟连5块都没有，爹真替你害臊！”

儿子羞愧难当，爹安慰道：“这钱别向你媳妇要了，晚上我给你。”

儿子问：“爹，你为啥现在不给我？”

爹答：“我现在哪有钱，等晚上我找你娘要去！”

有一个妇女特别爱占小便宜，一次邻居对她说：“我捡到一个钱包有200元钱。”

妇女连忙说道：“是我的！我不小心丢的！”

邻居看了看她，惊讶地问："你去男厕所干什么？"

甲乙两朋友招来一辆出租车。

甲问："去火车站多少？"

司机："十元。"

甲又问："和朋友一起去呢？"

司机："十元。"

甲对乙说："我早就对你说过，你一文不值。"

2065年，奄奄一息的老汉躺在病床前叫来孙子。

老汉对孙子说："孩子，50多年前买的盐咱家还剩多少？"

孙子说："爷爷，就2包了！"

老汉："等等做饭全给放下去！"

孙子："这怎么行？！会咸死的！"

老汉："当年你奶奶说我傻，说吃到死也吃不完，我很快就要下去见她了，所以我一定要让她心服口服！"

爸爸晚上接儿子从幼儿园回家。

路上儿子对爸爸说："爸爸，我累了。"

爸爸说："咱俩数到三，爸爸就抱你走，行不行？"

儿子很高兴地答应了。

然后，爸爸大声喊道："预备，齐步走！121，121……"

父亲让儿子去买瓶酒，告诉他不管老板开价多少一律杀一半价。

儿子点头去了。儿子问老板：“这酒多少钱？”

老板：“80。”儿子：“不行，40。”

老板：“60。”儿子：“不行，30。”

老板：“那就40吧。”儿子：“不行，20。”

老板：“30总可以了吧！”儿子：“不行，15！”

老板生气了：“干脆我白送给你算了！”

儿子：“不行，你得送我两瓶！”

上联：“1直2在奔3路上。”

下联：“9是8敢娶7买房。”

横批：“气456！”

邻居问赌鬼的太太：“你先生昨晚又到赌场去了，胜负如何？”

太太答道：“他去的时候坐的车子值一万美元，回来时坐的车子值10万美元！”

邻居大喜：“哦！他赢了。”

太太解释道：“哪里，去时他坐我们的小轿车，回家时坐的是公交车。”

老头搓麻将成瘾，死在麻将桌上。

儿子写了篇悼词：“老爸，昨天你两眼还像二饼，今天就成了二

条！不知东南西北风哪个么鸡把您害了！您的追悼会开得很隆重，清一色尽是您的麻友，大家排成一条龙与您告别，每人给您献上一杠上花。您一生都想发财结果仍是白板，今到火葬场，您终于糊了！”

★

一群人在一家僻静荒凉的小店吃饭。一共六个人，服务员却拿来了七副筷子。

一人笑道：“多好的鬼故事开头啊！”众人都笑。

服务员看看他们，重新仔细地数了数人数。不好意思道：“拿错了，拿错了。”

然后他撤走了两双！桌上寂然。

★

儿子：“爸爸，‘007’是什么意思？”

父亲：“那是地下工作者专用的代号。”

儿子：“这么说，你和我妈也是地下工作者了？”

父亲：“别瞎说。”

儿子：“那为什么我妈管你叫‘二百五’，你管我妈叫‘十三点’呢？”

我对女儿说：“再看10分钟的动画片就该睡觉了。”她抗议说时间太短。

“那就600秒，够长了吧？”我说。

女儿说：“够了，够了。”

黄忠60岁跟刘备，姜子牙80岁为丞相，孙悟空500岁西天取经，白素贞1000多岁才谈恋爱。年轻人，你说你急神马急？

盖茨39岁成世界首富，孙权19岁据江东，康熙8岁登基当皇帝，贝多芬4岁就能作曲，葫芦娃刚出生就会打妖怪。哎呀妈呀，你说我们能不急？

好友在银行做柜员，那天，一位老人家到银行取钱，她一看，数额是970元，她打算给他1000元，让他找回30元。

于是，她微笑着问道：“大叔，您有30吗？”

那位老人家愣了一下，没有回答。

她以为老人家没听清，提高了音量：“大叔，您有30吗？”

老人家一下子怒了：“我说你这闺女，你都叫我大叔了，还问我有30吗？我都60了！”

上班十年了，从没涨过一次工资，这让员工小吴很郁闷。

这天，他正好碰到财务科长，就发牢骚地说：“人家政府机关又

涨工资了，咱们什么时候涨啊？”

“涨多少啊？100？”财务科长笑着问。

小吴羡慕地说：“太少了吧，最好再加一个零！”

财务科长似笑非笑地说：“我们也涨工资啊，而且还是加两个零！”

小吴不相信地看着他说：“不会吧？10000？”

财务科长笑着说：“是小数点后面再加两个零。”

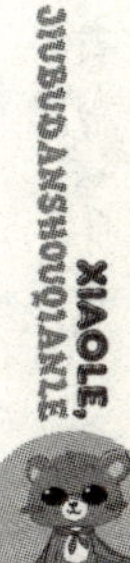

就你会算账
——让你捧腹的数字段子

超市正在促销，买一箱酸奶送一把椅子。

大姐：“这椅子挺好，可以单卖吗？”

老板：“可以卖！”

大姐：“多少钱？”

老板：“还是30块，赠你一箱酸奶！”

农夫喂猪吃泔水，结果被动物保护协会罚了一万元，因为虐待动物。

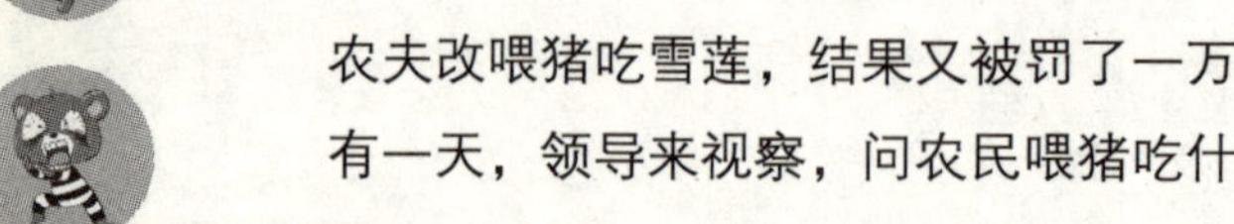

农夫改喂猪吃雪莲，结果又被罚了一万元，因为浪费食物。

有一天，领导来视察，问农民喂猪吃什么。

农民回：“我也不知道该喂什么好，现在我每天给它一百块钱，让它自己出去吃。”

老虎抓到一头梅花鹿后要把它吃掉。

梅花鹿说：“你不能吃我！”

老虎愣了一下，问：“为什么？”

梅花鹿：“因为我是国家二级保护动物！”

老虎大笑道：“总不能为了二级保护动物而让一级保护动物饿死吧？！”

两人大吵一天！一人说三八二十四，一人说三八二十一。

相争不下，告到县官堂上。

县官听罢：“去，把说三八二十四的拖出去打二十板。”

三八二十四不满：“明明是他蠢，为何打我！”

县官答：“跟说三八二十一的能吵一天，还说人蠢，不打你打谁？”

小强准备参加考试。

为求个好兆头，早餐打算吃一根油条和两个鸡蛋。

可谁知，有一个鸡蛋竟然是双黄蛋！

小强思前想后，考虑再三，最终只吃了那个双黄蛋。

成绩公布后，小强大叫：“真准！”

众人一看：“18分！”

老师在考试时出了一道题：“什么是勇气？”

一学生交卷，答案只有五个字：“这就是勇气！”

老师怒把学生叫来：“我还有两道题问你，你若答出第一题，就可以不必回答第二题。”

老师问：“你有几根头发？”

学生：“一亿两千万三千六百零一根。”

老师诧异：“你怎么知道？”

学生：“这一题不用回答。”

晚饭后，爸爸看儿子在数硬币，便考他一道算术题。

爸爸问：“8加16等于多少？”

儿子着急地摆弄着手指和脚趾，比划半天也不够用。

爸爸急了：“你不会用脑子吗？”

儿子说：“脑子只有一个，加上也不够用啊！”

丈夫和妻子买了几注福彩。

丈夫自言自语说：“如果中个500万就好了。”

妻子说：“如果中个500万，我立马给你100万！”

丈夫大喜：“那太谢谢老婆了，有了100万我可就能随心所欲了！”

妻子说：“给你的100万是去交税的！”

来一次大姨妈，要用去三卷卫生纸=9元，两包日用=15元，一包夜用=9元，半包护垫=2.5元，一袋补身体红枣=5元，一包红糖=5元，两杯热奶茶=6元，小一百块就没有了，每个月一次伤不起啊！物价再这么涨，大姨妈都来不起了！

昨天住酒店，酒店房间里农夫山泉矿泉水18块钱一瓶，我在外面买了两瓶，花了4块钱，把酒店里的两瓶狸猫换太子了，查房的时候没有被发现，这就叫经济头脑，9倍差价瞬间到手。现在喝着18元一瓶的农夫山泉，爽歪了！

和媳妇去银行汇款，她先进去填单，我去停车，停好后进银行，看到媳妇的钱在口袋漏出一半，想恶作剧，假装偷掉吓吓她，刚伸出手，被保安一脚踹出3米远。

向爸爸借了500，向妈妈借了500，买了双皮鞋用了970。剩下30元，还爸爸10块，还妈妈10块，自己剩下了10块，欠爸爸490，欠妈妈490，490+490=980。加上自己的10块=990。还有10块去哪里了呢?

女：“我要是和你妈同时掉河里了，你先救谁?”男：“哼哼，我妈早就料到你们会问这样的问题。为了我们哥仨的幸福，她硬是在50岁的高龄把游泳学会了！”

曾经有个小屁孩，考试只考了18分。然后他拿红笔添了一横，变成了78。然后又在7的上面多加了半圈，然后就变成了98。后来卷子拿给他妈妈看，他妈妈说：“这么明显的改动，你以为我会看不出来你其实考了78分吗?”

卡里的钱不多，想到银行去全取出来。我很大声地对着银行柜台的MM喊道：“把里面的钱全部取出来！”银行的MM一刷卡，随即抬起头来很认真地用扩音器对我说：“里面只有一块五，要全取出来吗?”当时我后面有一大堆人在排队……

数学考试有道题：1的100次方是多少？我拿起草稿纸，一遍一遍地乘了起来，当我好不容易乘到第83次的时候，数学老师过来了。站在我身后看我不知疲倦地反复演算着1乘1，眼看我大功告成之时，他快步走向讲台说："同学们，有道题出错了，现在更正一下，那个1的100次方的填空题，现在请把它改成1的1000次方。"

问："我是已婚MM有套小房，现想换套大房，把小房送父母，但过户费太高。请问怎么减免相关费用？"律师回复："与老公离婚，房给老公，房产证去掉你名字。爸妈离，老公和老妈结，房产证加妈名。老公再与妈离，房给老妈，去老公名，然后各自复婚，房加爸名，共离婚结婚六次，花费54元！"

一只老母鸡加一只老公鸡猜三个字：2只鸡；一只老母鸡加一只老公鸡猜5个字：还是2只鸡；一只老母鸡加一只老公鸡猜7个字：笨蛋，就是2只鸡。

初中时的成绩单都是手写的，一同学数学考了39，怕回家挨打，遂改为89。没想到放假回来老师还要收成绩单，我们都等着看他被批，只见他淡定地在89外面画了个圈，老师问他："你数学分数是什么情况？"答曰："我爸嫌我数学太差了，特意用圈画出来，让我在数学上多用功。"

丈夫在外打工，给留守的老婆写信：“亲爱的老婆，全球经济危机，收入受到影响，没钱汇给你，就汇一百个吻吧。”不久，妻子回信：“亲爱的老公，吻已收到，开支情况如下：1.给娃娃的校长20个，孩子上学不用交费了；2.给电工10个，家里不再断电了；3.给水管员……”

妈妈，我就吃一块钱的

家有一女，一岁余，处于断奶过程中。今天早上女儿吵着要吃奶，老婆不同意，女儿那个哭啊……最后哭着去卧室了，回来后手中拿着一块钱，可怜巴巴地说：“妈妈，我就吃一块钱的……”

一天悟空和唐僧一起上某相亲节目，悟空上台，24盏灯全灭。理由：1.没房没车只有一根破棍。2.保镖职业危险。3.动不动打妖精，对女生不温柔。4.坐过牢，曾被压五指山下500年。唐僧上台，哗！灯全亮。理由：1.公务员。2.皇上兄弟，后台最硬。3.精通梵文等外语。4.长得帅。5.最关键一点：有宝马！

九点睡是村里人，十点睡是厂里人！

十一点睡是校内人，十二点睡是官府人！

一点睡是IT人，两点睡是IT人，三点睡是IT人；

四点睡是IT人，五点睡是IT人，六点睡是IT人！

总是睡不够的还是IT人。

一个赌徒从妻子那里要来100块钱去赌博，几个小时以后赌徒回到家中。妻子幽默地问他："那钞票生孩子了吗？"赌徒哭丧着脸说："生了，还是双胞胎。"说着从身上拿出来两张10元的钞票。然后接着说："可惜难产了，他们的母亲去世了。"

话说沙尘暴吹到台湾，许多老人走上街头，张开双手，45度仰望天空，泪流满面，深呼吸，激动地说道："60年了，60年了，终于闻到家乡的泥土味了。"

高考没发挥好，成绩出来只能上三本。妈妈得知成绩后非常难过，站在窗户前面沉默了好久，最后一咬牙掏出手机，拨打了她最最要好的一个阿姨的电话："XX啊，我跟你说，我娃子只考了三本，要多出2万8的学费啊！我以后不能跟你们打5块的麻将了，我们下次打2块一炮的吧……"

刚买了房子，兴奋中给一哥们儿打电话：“我买房啦，不过就一毛房（忘说“坯”字了），还得装修。”哥们儿说：“就只有一厕所吗？那你住哪里啊？”

上小学的时候，有篇课文叫《瀑布》，中间说到作者转过一座山见到一条瀑布垂在山间。我的一个女同学朗读的时候声情并茂地念：“转过这座山，我惊呆了，一条破布挂在山上。”全班同学都惊呆了。

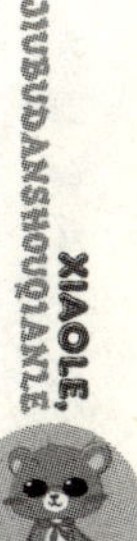

黄大仙又不懂英文——英文得去求耶稣

父：“这次考试，行情如何？”

子：“发生崩盘，指数暴跌。”

父：“报一下收盘价位。”

子：“数学56，语文43，物理52，政治49，化学58。”

父：“怎么搞的？满盘皆墨。以前走势尚好，这次怎么多翻空了？”

子：“从基本面分析，平时上课因研究股市行情而没能好好听课；从技术面分析，这次监考太严，各种救市措施无法出台。”

妇人去庙里求神，虔诚地祷告：“求大仙保佑我儿子语文考100分，数学考100分，历史、地理都考100分。”儿子提醒：“还有英文。”妇人答：“英文等星期天到教堂求耶稣，黄大仙又不懂英文。”

有男人说女人是球：

20岁是篮球，10人抢一个，魅力无边；

30岁是乒乓球，被人利用后来回推；

40岁是排球，被好多人排斥；

50岁是足球，被人踢来踢去；

60岁就更惨，成了高尔夫球，打出去就是了！

一女子深夜打的。

司机要价10元，女说只有8元，最后达成一致。

在上车之前，女子弱弱地问：“你是坏人吗？”

司机看了其一眼，淡定地说：“你才是坏人，这么晚打的就给我8块！”

一老农上县城买手机，进店问：“手机多少钱一斤？”

店主窃喜，还有这等蠢人？

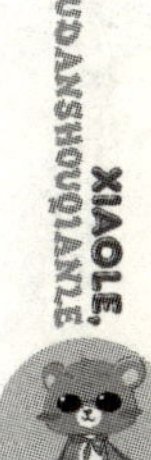

嫌逐一报价太麻烦，大手一挥，说：“五千一斤，随便挑！”

老农择一高档超薄机，称重，二两，一千元。

店主懊悔，力推其他机器，老农不屑一顾：“想坑我这个卖废品的？那些明显都是翻新机，配置又烂，连《愤怒的小鸟》都玩不了！”

胖女人：“老板，称一次体重多少钱呀？”

老板看了看胖女人，说：“可能2元，也可能200元。”

胖女人：“为什么？”

老板：“称一次2元，把秤压坏了是200元。”

暴发户准备在瑞士银行里开户。

工作人员问道：“您准备存多少？”

暴发户环顾四周，小声说：“500万美元。”

工作人员：“先生，您完全可以大声说，在瑞士，贫穷不丢人！”

某单位部门一共有五个人，上级要求精简只留四个人！

于是五个人在一起开会，研究谁走的问题。

会议从早上一直开到中午，迟迟没有结果！

期间一人去了趟厕所，回来后发现散会了。

一单位招聘会计，有三人进行面试。

领导问：“假如我拿走5万元，购买了2万元物资，还剩多少钱？”

其中一人说：“剩下3万！”结果被淘汰。

另外一个人说：“剩下2万！”结果也没能录用。

厂长又问第三个人：“你说剩多少？”

第三个人说：“没剩下呀！”结果被录取了。

孙悟空：“快放了我师父！否则我将曝光你的隐私！”

蜘蛛精：“切，放马过来，老娘不惧！”

孙悟空拿出一个4G优盘，蜘蛛精脸色大变！

孙悟空又拿出一个400G硬盘，蜘蛛精两眼翻白：“谁给你的？”

孙悟空：“蜘蛛侠。”

蜘蛛精吐血而亡：“前男友靠不住啊！”

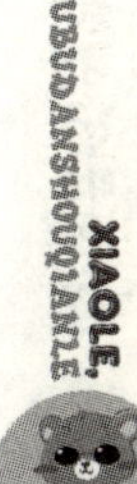

如果你连续1200个月每天都喝上一杯牛奶，你肯定能活100岁！

一应届生应聘，老板问他："你想要什么待遇？"

他答："月薪10万元，包住，每年公费出国30天。"

老板："我给你月薪20万元，送你一栋房子，每年公费出国60天。"

他惊讶地说："这么好！该不会是跟我开玩笑吧？"

老板："是你先跟我开玩笑的。"

一位牛奶商贴出了这样一则广告：

"如果你连续1200个月每天都喝上一杯牛奶，你肯定能活100岁！"

他一个月给你两万块，是他一个月的百分之一。

我一个月给你两千块，却是我的全部。

此次起床共用了5分钟，你已击败了全国88%的学生，寝室里还有一位同学起床失败，正在重起，隔壁宿舍全部死机！

老妈买彩票中奖了，去一个柜台领取奖品。

发奖人问："你们是要20块，还是一个苹果？"

老妈心想当然是要钱了，就说要20块。

于是，那人拿出把刀，把苹果切成了20块。

这天，一男子走进一家牙科诊所，询问拔掉一颗牙要多少钱。

"80英镑。"牙科医生说。

"这个价格让人无法接受，"男子说，"有便宜的办法吗？"

"好吧，"牙科医生说，"如果不用麻醉剂，我可以只收60英镑，但那一定会很疼。"

"还是太贵了。"男子说。

"这样吧，"牙科医生说，"如果不按正常的手术程序，只用钳子将牙拔出，会节省我很多时间。这样的话，我可以只收20英镑。"

"唉，"男子摇摇头，"还是有点贵。"

"不会吧，"牙科医生从没看过这样的顾客，挠挠头皮说："如

果让我的学生来做手术，他可以积累经验。要是你愿意，我只收10英镑。”

“太好了！”男子说，“下周二我让妻子来拔牙。”

一个大人看到一个孩子手里拿着一张100元的人民币就想把它骗来。他走过去，给孩子看了3张10元的人民币，便对孩子说：“你把这张纸给我，我把这3张纸全给你。”孩子点了点头，说：“你只要学3声狗叫便给你。”那个大人瞧了瞧四周没人，就学了3声狗叫。大人叫完之后，孩子嘿嘿地笑着说：“狗都知道100元比30元多，难道我就不知道吗？”

电话铃响了。“你好！你的电话号码是44444444吗？”

“是的，没错。”对方回答。

“感谢上帝！你能为我拨打一下911吗？我的手指被强力胶粘到电话上了。”

一老农上照相馆去照相。

“同志，给俺照个模样。”

“要几寸的？”

“怎么还要布票？！”

“是问你要多大个的！”

“来它一块钱儿的！”

球员要转会，转会前要进行文化考试。教练事先向主考官打招呼说：“我们的球员文化是差点，题目别太难了。”

主考答应了。

考试时，主考看了球员一会儿，问道：“你说7乘7得多少？”

球员思考了一会儿，说：“我想是49。”

考官尚未说话，教练站了起来，恳切地说：“主考，请你再给他一次机会。”

一个手机号是“135135135××”的人去应聘销售员，经理看了他的简历后，说你留个电话吧，过两天我们会通知你。

那个人说：“135——135——135——”

经理说：“我们这个行业最怕口吃，不用留号码了，你走吧！”

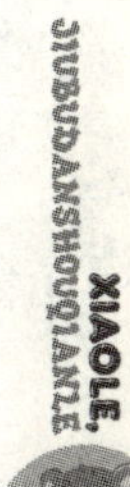

丈夫被妻子盯得很紧，每日的薪金都如数交给妻子，只有一点刚够买香烟的零钱。一天，丈夫兴高采烈地回家，对妻子大叫：“亲爱的，我中奖了！有5000元呢！”妻子吃惊地问道：“你哪里来的钱买彩票？”丈夫：“……”

我是出了名的妻管严，每天老婆只给10元零花钱，一年下来风雨无阻。今天，没错，就是今天早上！老婆居然甩给了我100元！我无法抑制自己的兴奋，一个劲儿大叫：“为什么？告诉我为什么？哈哈！”老婆甩下俩字，我立马淡定了：“十天。”

老婆对我说：“亲爱的，既然爹妈是第一位的，孩子是第二位的，我是第三位的，那么从现在开始，你就管我叫小三儿吧。”

她要他在她的微博上每天留言一句“我爱你”，只要连续不断地坚持100天，她就愿意嫁给他，眼看着已经坚持99天，今天他满怀欣喜地打开微博一看，禁评了。

法官望着被告说：“我是不是曾经见过你？你好像有些眼熟。”被告满怀希望地说：“是的！法官，您忘啦？21年前，是我介绍尊夫人跟您认识的。”法官咬牙切齿地说：“判你20年有期徒刑。”

一群人遇一劫匪，劫匪说：“我打劫有规矩，第一个交的100，第二个150，第三个200，依此类推，早交早划算，怎么样？”

于是人们争先恐后排队交钱，相互推搡。

匪徒一边收钱一边维持秩序，事后排第一的说：“运气真好，只损失了100。”

遇上了传说中的李十针——我要倒蜂窝煤喽

男子去医院打针，遭遇到一个实习的小护士。

小护士比较紧张，拿针头扎了十下都没找到血管。

男子咬着牙说道：“大姐，你姓李是吧？”

小护士大惊：“你怎么知道？”

男子解释：“因为你一看就是传说中的李十针（时珍）！”

班主任在班里宣布：“为了制止逃课现象，我们班实行罚款制。以后每逃一节课罚款5块，充为班费。”

一同学拿出10元，对同桌说：“我下午准备逃10块钱的。”

我穿一身美军丛林迷彩去酒吧，MM喝多了。我在厕所门口等。

然后过来一个GG，向我借火，然后问我几点了。

临走的时候，他问我：“你几点上班？”

我没听懂，他强调说：“你不是这里的保安吗？”

我K，他见过穿2500一套的原版迷彩，带6000块钱的Roamer，抽软盒中华的保安吗？

一好朋友去自助银行取钱，遇一骗子扔50元在他脚边，问是不是他丢的钱（骗子想趁朋友捡钱的时候把他卡拔走）。

我朋友真绝，用脚踩住50元钱，再把自己的卡拔走，然后慢吞吞地捡起50元钱说了句谢谢兄弟，剩下满脸黑线的骗子。

听一淘宝服饰卖家说他们家有件牛仔裙今年涨了10块钱，有个买家不干了，说这件衣服她都盯了一年了，历尽千辛万苦，付出了一年多的汗水与血泪才决定下手，现在居然涨价了，她很生气。

客服说你去年就应该买啊，她咬牙切齿地说：“姐去年穿不了……”

有三个懒汉在一起比吹牛，第一个说：“我吃过1个包子，是33个人包了33个小时才做好的。”

第二个说：“我吃过的那个包子比这个大，66个人包了66天还没包好。”

第三个说：“我吃过的那个包子才真叫大呢！先是99个人包了99天，又用了99天才好不容易蒸熟了，后来来了99个人，吃了整整99天才吃到一块石碑，上边写着：此地离包子馅还有99公里。”

美女住酒店一晚，结账时账单800元，她抱怨太贵。经理说这是标准收费，酒店附设泳池、健身房和WiFi。美女说自己完全没使用，经理说饭店有提供，是她自己不用。

美女打开皮包掏钱付账，但说要扣除经理和她共度春宵的700元，只拿出100元。

经理急呼：“我哪有？”

女客人：“我有提供，是你自己不用。”

和10086有关的那些趣事

一男的把情人号码存在电话里，姓名写成10086。每次收到短信老婆都要去看，每次一看都说：“10086也太肉麻了，尽发这些整人的……”

在这个寂寞的世界，除了10086会主动给我发信息，除了10086会马上接我电话，除了10086会在乎我还有多少话费，除了10086会每个季节送来祝福，除了10086会24小时为我开机，一个人的世界，除了10086，谁还会想起我，谁还会在乎我！

某男看同事将情人电话备注改成10086后，多次紧急情况脱险，便也效仿。一日晚，该男第一次在妻子面前接到情人电话，还故意让妻子看来电显示：10086。看完，妻子立刻将电话抢来，将电话中正撒娇的女人一顿骂，然后骂丈夫：“老娘傻啊？你一联通卡10086给你打电话，串门走亲戚啊！”

让你乐不可支的幽默段子

一位妇女带她的狗去理发。当被告知要40美元时，她十分震惊。

“我理发也只要9美元！”她轻蔑地说。

理发师马上说：“但你不咬人啊！”

手机没钱了，给表弟发信息：“帮我充10元话费，明天还你。”不小心按成群发！早上一看，28个未读信息，一个个看：15个说“不用还了”，4个说“开学记得还”，剩下的说“充了”，最后，竟然有个妹子说“充了20，还有我喜欢你！”好吧，赚了150的话费，还附加一妹子，这算不算美丽的失误?

人家送女友一2000欧的包，我只能送个2000欧的电阻。人家送女友一LV的手提包，我只能送个AV的压缩包。人家送40W的车，我只能送40W的灯泡。人家送M6的宝马，我只能送M6的螺栓。人家送24K的手镯，我只能送24K的新建文本文档。人家送笔记本电脑，我只能送笔记本垫脑……

一卖菜大婶，一摊菜，用手中间一划，分成两堆。

买的问：“这边的多少钱一斤？”

答：“2块。”

再问：“那边的呢？”

答：“2块5。”

问：“为什么？”

答：“那个好一些。”

那人就买了2块5的。很快，大婶就把2块5一斤的卖光了。

然后，她又用手一分，变成两堆……

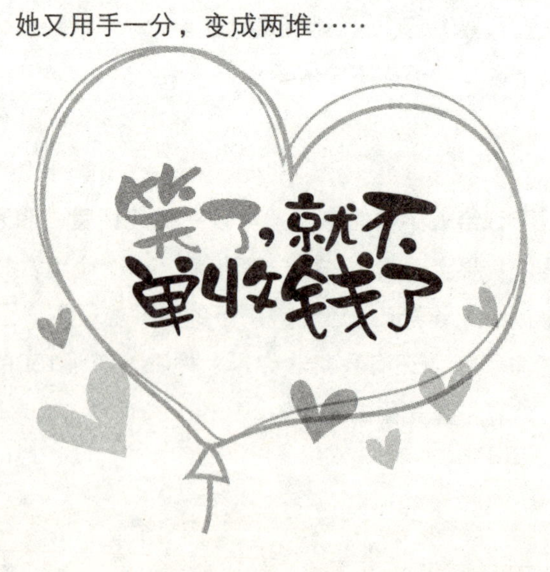

引你发笑的校园趣事

高中一同学，欠了我70块钱。有天我心情好，老爸才发了生活费，我吃着可爱多，路上巧遇他。我说：“我再借给你30，你直接还给我100怎么样？”他愣了一下，说：“行。”三天后他转学了。

小明家的狗很听话很聪明。父亲问：“1加1等于几？”狗就叫2声；“2加2等于几？”狗就叫4声。有一天邻居家的孩子一夜没睡觉，说小明家的狗疯了，叫了整整一夜。父亲问小明怎么回事，小明说：“我就问了它一下1万加1万等于几……”

老师：“2怎么写成0了?”

小明：“成语中不是有个掩2到0吗！”

老师：“那叫掩耳盗铃，乱用！”

小明：“不是乱用，我这是不同凡响！”

老师：“不动脑子，光长膘！”

小明：“没办法呀，俗话不是说笨鸟先肥吗！”

老师：“你干吗老是窜改成语？”

小明：“电视上广告词中不是常有牙口无炎无屑可击……”

数学老师问小学一年级的同学：“1加1等于几？”一小朋友掰着手指头算了半天，说：“4。”老师愤怒地说：“猪都比你聪明，等于2！”同学们用异样的眼神看着数学老师。

某大学天气预报：

校长办公室21℃，行政楼23℃，老师办公室25℃，图书馆28℃，教学楼35.5℃，宿舍楼42℃。气候炎热地区请注意避暑。

今天的节目就到这里，谢谢收看，再见。

老师在讲“美国的政治制度”时说：“46%的美国联邦参、众议员拥有过百万资产；近11%的国会议员的净财富超过900万美元，

249名国会议员是百万富翁；中等收入议员的净财富达89万美元，几乎是一般家庭收入的9倍。所以课本指出美国民主是有钱人的游戏。”

一个学生说：“问苍茫美国，谁主沉浮？民主还是钱主？”

老师说：“对，在美国钱是万物之主，身上没有钱就会六神无主。”

亲！还有不到100天，清纯的大一小学妹就要到货了哦！

亲！还有不到100天，大二的学姐就要开始打折促销了哦！

亲！还有不到100天，大三的学姐就要买一赠一了哦！

亲！还有不到100天，大四的老女人们就要下架了哦！

亲！该抓紧的抓紧，该挺住的挺住哦！

老师：“今天我们来学减法，汤姆，你来回答，假如你哥哥有5个苹果，你拿走3个，结果怎样？”

汤姆：“他肯定会揍我一顿！”

考试临近，老师再次强调复习的重要性：“同学们，一定要复习一下选择题，这次选择题的分占总分的2/5。”

一位同学愤愤地说：“昨天还说占40%，今天就变了！”

毕业体检，一肥胖室友刚站在体重秤上，另一同学便对我们使眼色，众人心领神会，于是6只脚齐刷刷地踏在体重秤上。

结果可想而知，护士报：“315斤！”在场众人笑翻。

室友无比困惑：“不对啊，我上个月还称过才240斤啊，一个月就涨了70斤？”

化学教授在课堂上给学生们讲解了一个有机化学反应过程。他说：“请注意，同学们！在这个反应开始的时候一共有25个碳原子，可现在呢？只有24个了……”他顿了片刻，等待着学生们的反应，可是教室里一片寂静。教授只好指着前排的一个学生说：“还有一个碳原子究竟到哪儿去了？你知道吗？”这个学生喃喃地说：“从上课到现在，没有人离开过教室啊！”

老师：“你能解释‘物质不灭定律’吗？”学生：“上月我家买了100斤蜂窝煤，烧完后留下的煤灰还是100斤，这就是物质不灭定律。”

数学老师问一同学：“15减9是多少？”同学道：“5怎么可以减9呢？”老师道：“个位不够时，就向十位去借1当10。”同学道：“不敢借。母亲昨天才说过：借债是件不好的事。”

数学教师：“一只香蕉，有3个孩子要抢来吃。结果，被2个孩子抢去分吃了。你知道剩下1个孩子，得着什么？”学生：“有……”教师惊异：“有什么？”学生：“香蕉皮。”

教师：“你习字的分数太少了。我叫你写100张拿来，你只写了75张。”学生：“可见我的算术更不行。”

一中学生，语文程度极低。期末考试时，该生搜肠刮肚，勉强成300余字完卷。语多文不对题，且无妙趣可言。教师阅完，大为惊叹，于卷末批曰：“文虽仅300字，已大有可观。如果加2700字，好成乱话三千矣。”

一日，我听同学讲了一个脑筋急转弯，就向数学老师提出了此问：“假如你有一艘船，船上有20个船员，30个救生圈，15艘救生艇，问：船长今年多少岁？”数学老师想了一下说：“等一下，我先列个方程解一下。”

冬天在上课，老师背靠火炉站着，对学生们说：“说话前要三思，起码数到50下，重要的事情要数到100下。”

学生们争先恐后数起来，最后不约而同地爆发出：“98、99、100。老师，您的衣服着火了！”

作文课上，老师出题《生命的价值》。

一个家里做水产生意的学生写道：“活鱼每公斤40元，死鱼每公斤10元；活虾每公斤50元，死虾每公斤15元；活蟹每公斤20元，死蟹只能丢进垃圾桶。因此，生命是宝贵的，我们要珍惜。”

高中同学聚会，回忆三年寒窗生活无不感慨万千，一同学在角落里很是忧虑，班长问他：“怎么啦？”“非常想念我那同学××！她今天怎么没有到？”班长想，这位同学不错，很重同学情谊，关切地说：“她不是你同桌吗？你们感情很深啊，值得我们学习！”“哪里？她欠我500元钱到现在都没还！”

小学一年级，新来的老师想考考这帮小朋友，于是开问。老师：“从甲地到乙地是5公里，从乙地到甲地是多少公里？”学生：“不知道。”老师：“唉，这么简单的问题都不懂！从乙地到甲地不也是5公里吗？”学生：“你错了，儿童节到国庆节是4个月，而国庆节到儿童节难道也只有4个月吗？”

糗事大集合
——千万别吃饭的时候看

有一天数字军团和字母军团打起来了，数字军团头领说："1和3你们组合成B混入字母军团。"过了一会儿1和3满头是血地回来了，对数字军团头领说："头领我们装B被发现了……"

在公厕里，忽然听到厕间有人说话："朋友，有手纸吗？"我翻了翻口袋，"抱歉，没有。"过了几秒，那人又问："朋友，有小块报纸吗？"我无奈地一笑，"对不起，没有，我只是来尿尿。"又过了几秒钟，厕间门缝塞出一张10元人民币，"朋友，能破成10张1块的吗？"然后我给了他10个硬币。

我10在受不了，想你很9了，天天想见你，你8自己交给我吧，我绝不会7负你，让你永远6在我身边，5爱你到4，绝不3心2意，我发誓只养你1头小猪。

朋友喝醉了在家里吵吵，他6岁的女儿说他：“你真神经。”他不乐意了，问：“我咋了，你得给我说个123，我咋神经了？”他女儿：“123，你真神经！”

昨晚收到一条陌生号码发来的短信：“老子活过20岁了！”没有理会。今天早上想起来，小学时和某同学打架，并恶狠狠地诅咒他活不过20岁。这小子可真记仇。

通信公司老总上公厕，守门大爷：“进3毛出2毛。”老总一愣：“出来还收费？”大爷：“双向收费。”老总出来又被拦住：“你蹲的是8号坑，交1元选号费，放了个屁，交1元漫游费，超3分钟，交1元超时费。厕所有背景音乐，彩铃2毛。如常光顾，还是办厕所套餐合算。”老总怒：“哪儿的王法！”大爷：“我的地盘我做主！”

一位顾客到一家大酒店吃饭，要了一盘价格45元的“金鸡炸竹笋”，可盘子里连一小块鸡皮也没看见。顾客很扫兴地端着菜走到经理跟前说：“同志，请借一只放大镜。”“做什么用？”经理不解地

问。顾客回答说：“我要在竹林里寻找那只失踪的金鸡。”

“听说你们家开的饭店昨天开市大吉，开了几桌呀？”

“就开一桌。”

“一桌也能赚它五六十吧？”

“赚？我赔进100多元！”

“岂有此理，怎么会赔进去呢？”

“你不知道，我这是楚庄王设宴，请的是五霸呀！”

顾客：“我买9两肉。”小贩：“9两肉不好算账，您干脆割一斤吧。”顾客：“其实一样的，我每次要一斤，你也只给我9两。”

某商店招营业员，经理亲自主考。经理：“如果顾客要买1公斤点心，应该给他多少克？”应聘者：“945克。”

经理：“答得好，你被录取了。”

一位光顾宠物店的顾客不大相信他竟有这样的好运气：只花600元钱就能买只既会背诵莎士比亚的十四行诗，又会模仿歌剧演员吟诵希腊《荷马史诗》的鹦鹉。然而，当这人把鹦鹉带回家时，它嘴里竟发不出一个音来。三周后，这位不安的顾客返回店中，找店主索赔。店主说：“当初我俩都看到它像个天使般地背诗、歌唱，而它现在什么都不会了，却让我把它收回？好吧，出于良心，我给你100元。”这人勉强地接受了。就在身后的店门关上那一瞬间，他听到鹦鹉对店主说：“别忘了，有250元归我。”

汤姆是个个子很小而又害羞的孩子。他是办公室的勤杂工，累死累活，一星期也只能挣到6元钱。一天他终于鼓足勇气，去找老板要求加工钱。老板说：“你是个诚实的孩子，不是懒骨头，你想加多少？”汤姆回答说：“我想一星期加4元不为多吧？”“哎呀，你这么点大的个子也要10元一星期？”老板说。汤姆回答说：“我知道，就我的年龄来说，我的个子是太小了，但把实话跟您说了吧，自从我到这里来工作，就忙得没工夫长个儿了。”

老板杰克到警察局报案：“有个流氓冒充我的推销员，在镇上赚了10万美元！这比我所有的雇员在客户身上赚到的钱还要多得多。你们一定要找到他！”“我们会抓住他，把他关进监狱的！”“关起来干什么？我要聘用他！”

约翰看了游泳池招聘救生员的广告后前去报名，游泳池的老板问他有何特长，约翰回答说：“游泳池深2.1米，我身高2.17米。”

一人去买鹦鹉，见一个卖鹦鹉的有四只鹦鹉，便问：“第一只鹦鹉怎么卖？”答：“1000元。”“为什么这么贵？”“它会说话。”“第二只怎么卖？”“5000元。”“为什么这么贵？”“它会打电脑。”“第三只怎么卖？”“10000元。”“为什么这么贵？”“它会造电脑。”“第四只怎么卖？”“20000元。”“它会干什么？”“我从没见过它干什么。”“那怎么这么贵？”“因为那三只鹦鹉都叫它老板。”

一个秃头的男人坐在理发店里。发型师问：“有什么可以帮你吗？”秃头男人解释说：“我本来去做头发移植，但实在太痛了。如果你能够让我的头发看起来像你的一样，而且没有任何痛苦，我将付给你5000美元。”“没问题。”发型师说，然后他很快给自己剃了个光头。

开学了，我们宿舍决定集体买个篮球。大家商量，先到自己家附近的商店、超市打听一下价格，货比三家，权衡之后再买。昨天，我和同学来到他家附近的体育用品店，见有人正推销篮球，就上前询问。“150元，太贵了！”我俩摇摇头。推销员见状忙说：“你要是集体买，我就可以优惠。”同学喜出望外：“我们当然是集体买

了！”“买几个啊？”推销员喜极，抓起单子就要开。同学推了推黑框眼镜，认真地说：“我们6个人集体买一个！”

期末考完试，小明回到家中对父母说：“妈妈，爸爸，这回我两门考了100分。”爸妈听后非常高兴。小明又说：“是两门加起来100分。”爸爸听后大怒，举手便要打，被妈妈劝道：“就算数学40分，语文应该是60分，至少有一门及格吧？”这时，小明小声说道：“妈，不是那种算法！是语文10分，数学0分，加一起是100分。”

保险推销员亨曼先生被派到美国新兵培训中心推广军人保险。听他演讲的新兵100％都自愿购买了保险，从来没人能达到这么高的成功率。培训主任想知道他的推销之道，于是悄悄来到课堂，听他对新兵讲些什么。

“小伙子们，我要向你们解释军人保险带来的保障，”亨曼说，“假如发生战争，你不幸阵亡了，而你生前买了军人保险的话，政府将会给你的家属赔偿20万美元。但如果你没有买保险，政府只会支付6000美元的抚恤金……”

“这有什么用，多少钱都换不回我的命。”下面有一个新兵沮丧地说。

“你错了”，亨曼和颜悦色地说，“想想看，一旦发生战争，政府会先派哪一种士兵上战场？买了保险的还是没有买保险的？”

某县长到其分管的镇上检查。该镇以生产老鼠药为主要产业，共

设有64家老鼠药的生产厂家。于是县长决定：每个生产厂各自拿出自己的头号产品，用64只白老鼠做实验，看哪一家的产品最硬。实验结果：64只白老鼠中，只有1只死亡。县长极为恼火，勒令63家生产厂整改，并决定授予合格厂家优秀称号。正在县长颁奖时，县长秘书匆匆忙忙地跑进来，轻声对县长说：“这个奖不能颁！”县长不悦，问：“为什么？”秘书气喘吁吁地说：“因为……因为那只老鼠是撑死的……”

给力的经典笑话——幽你一默

阿呆有点口吃，他去商店买东西，拿起一包牛肉干，老板说："10元。"阿呆说："买——"老板把牛肉干装进袋子，阿呆说："买——不起！"阿呆拿起一包花生，老板说："8元。"阿呆说："好——"老板把花生装进了袋子，阿呆说："好——贵呀！"阿呆拿起一瓶可乐，老板说："3元"。阿呆说："开——"老板开了瓶盖，阿呆说："开——玩笑！"老板当场昏倒！

在市场上，一位顾客问："这只猫值多少钱？""100元。""哟，可昨天你只卖10元。"猫贩子说："因为今天它吃了一只鹦鹉。"

在一家忙碌的俱乐部等位子时，我疾步穿越一个凸起的舞台。但一不小心踩了空，扭了脚脖子，并不幸跌在一堆杂物上。我马上爬起来，躲进厨房，真希望没人注意到我。但我很快就看到餐厅里有张台子上的六位客人举起了他们的餐巾，并亮出了他们的分数：10分、9分、8.5分、10分、10分、9.5分。

一位顾客到理发店理发。

顾客：“请问理一次发多少钱？”

理发师：“10元。”

顾客：“怎么这样贵！要知道，我是一个近乎秃顶的人。”

理发师：“我当然知道。10元中只有3元是理发的，另外7元是找头发的。”

一个乡下人走进纽约的一家餐馆，要了一杯咖啡、一份丹麦点心，当他拿到账单时，不相信地盯着，“这是什么？”他问侍者，“咖啡和丹麦点心要100美元？一定搞错了。”“没错，”侍者答，“是100美元。”“就咖啡和丹麦点心？”“还有另外一些东西。”侍者向他解释，“例如，看到挂在墙上的那件艺术品了吗？它值250万元。我们的水晶吊灯是世界上最好的吊灯之一——值50万元，地上的波斯地毯值75万元。总之，你不光得为饮料和食物付钱，还得为这个环境付钱。”乡下人不情愿地付了款，“那就再来杯咖啡，来份丹麦点心吧。”他对侍者说，“别忘了——环境的钱我已经付过了。”

一位太太到食品商场买肉鸡，售货员拎起一只鸡，称了称说：“1美元60美分。”“太小了，”这位太太说，“能不能替我挑选一只大一点的？”可是这是最后一只鸡了。于是售货员走进后面库房里，又捶又打，把鸡的脖子往长拉了，然后又走出来，很快地过了一次秤。“嗯，这只鸡2美元15美分。”“好极了。”买鸡的太太说：“两只鸡我全要了，请包一下。”

约翰到动物商店，说：“我要买250只臭虫，230只蟑螂，15只老鼠……”店员惊奇地问：“干什么用？”“房东把我轰出来了。他要求把房子恢复到我搬进去以前的样子。”

一块醒目的旅店广告牌矗立在车站的出口处，上面写着：“顺箭头行，需10分钟。”一位旅客提着笨重的行李，走了半天，才走到此旅店。他气愤地对老板说：“你们明明写着走10分钟，可我走了半天，才到这儿！”“哦，对不起！先生。这块广告是专为开车的人写的。”

珍妮定购了12只鸡蛋，但送到家里时只有10只，于是她去找店的主人。“先生，我早上定购的是12只呀？”“不错。”食品店老板点点头。“可你们只给了我10个。”“噢，是这样的，那其中有2个坏的，我们替您扔掉了。”

画家打算把自己的一幅画卖给销售画布的商店老板。布店老板同意了，出价50列弗。“50列弗？”画家生气地说，“我从你这儿买这块画布就花了150列弗！”

“是的，不过那时候布可是干净的呀。”布店老板不动声色地说。

百货公司自动答话机：“如果您想预订或付款，请按5。”“如果您想表达您的不满，请按6459834822955392。”“祝您愉快。”

一位律师问证人：“你说事故发生的时候，你离出事地点100英尺，你是否可以告诉我，你能看清多远的东西？”证人说：“早晨起来时，我可以清楚地看到太阳，据说太阳离地球是9300万英里。”

警察：“你被窃去的大衣，值多少钱？”被盗者：“新做的时候，是20元，曾经当过一次，是12元赎出来的，一共32元。”

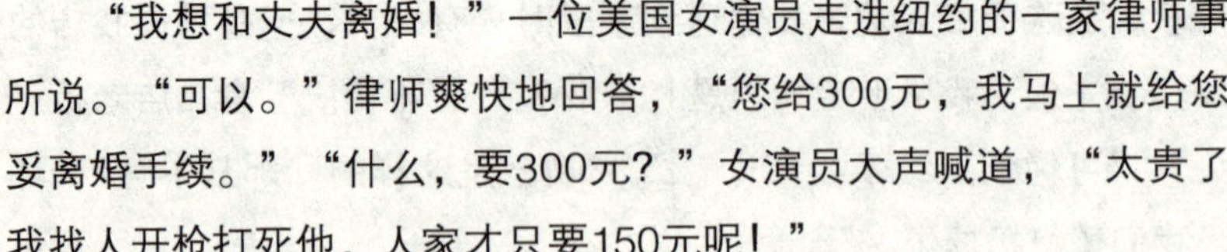

“我想和丈夫离婚！”一位美国女演员走进纽约的一家律师事务所说。“可以。”律师爽快地回答，“您给300元，我马上就给您办妥离婚手续。”“什么，要300元？”女演员大声喊道，“太贵了！我找人开枪打死他，人家才只要150元呢！”

★

一条大狼狗经过一个屠夫的店铺，跳上肉台衔走了一块挂在铁钩上的肉，屠户认得这是住在邻近的一位律师的爱犬，于是径直走到律师家里。“律师先生，我想问你一件事，有一条狗偷走我店内一大块肉，我可以控告狗主，索回肉钱吗？”“当然可以。”这位律师界的“名人”毫不迟疑地回答。“那好。先生，是您的爱犬偷了我的肉。这是很大一块上等精肉，足足有3斤重，你该付给我6法郎。”律师瞧了屠户一眼，一语不说，便如数付了钱。屠户得意地拿了钱，三步并作两步回到家里，一刻钟后，他接到了这样一封信：“屠户先生，你欠律师约翰先生一件普通案的咨询费15法郎整。限3日内偿清，否则法庭见面。”

一位法官对自己的挚友说：“请你想象一下，我们这里徇私舞弊泛滥到何等地步！前天，就在诉讼程序刚要开始时，被告的辩护律师转送给我1000美元。怎么能这样呢，啊？过了一会儿，受害者的辩护律师也硬塞给我1200美元。可我不是那种在诉讼程序中昧良心偏袒一方的人。所以，为了做到完全无偏见，我又归还受害者200美元。”

年轻的律师为他的第一个案子出庭，他的当事人的24头猪被铁路局的车轧死了。为了强调损失的巨大，他激动地说：“先生们，想一想吧，24头猪呀！24头！是我们陪审团的两倍呀。”

一家经营尚可的商行突然宣布破产了。可前不久，这家商行还向社会集资作为发展资金。法庭认为，这很有可能是蓄意图谋侵吞购股者资金的一个花招。商行的女秘书被传唤到法庭。法官严肃地叫她对她所说的每句话负责：“你应该知道作伪证将是什么后果！”“是的，我知道！我们经理答应给我1000美元和一件貂皮大衣。”

某地产大腕发微博：“买一双新鞋，左脚磨出了泡。脱了鞋一看，一只是7号，一只是8号。让售货员坑了。”

一哥们儿回复了：“哈哈，别怪售货员！一只卖的是建筑面积，另一只是实测面积。”

如果生命还剩8年，我们做《5年高考3年模拟》；

如果生命还剩5年，我们做《3年高考2年模拟》；

如果生命还剩1个月，我们做《考前一个月》；

如果生命还剩1周，我们做《快捷英语周周练》；

如果生命还剩1天，我们做《突破天天练》；

如果生命还剩45分钟，我们做《一课三练》；

如果生命还剩10秒，我们回答有关小题和阅读下一小题。

一无线电专业的学生，因盗窃被抓进110警车。

警察：“这次人赃俱获，你还有什么要说的？”

学生：“我承认是我偷的，可是我觉得你们让我坐这样的车有点

歧视我。”

警察：“这话从何说起？”

学生：“哼，交流电压还220，你们让我坐110，这不是歧视是什么？”

★

1000只蚂蚁坐在一根树枝上，树下站着一只肥壮的大象。

一只蚂蚁提议说：“哎，如果我们同时跳下去落在大象身上的话，我想一定能把这个胖家伙干掉！我数三下，大家一块跳啊！1，2，3！”

话音刚落，999只蚂蚁同时落在了大象的背上，但第1000只蚂蚁却还坐在树上。

蚂蚁们很生气，抬头问：“哎，你怎么不跳啊？算上你我们就把它干掉了！”

那只没跳下来的蚂蚁说：“哎，都让让，都让让！我来给这家伙致命的最后一击！”

那些有趣的交通段子

一男子酒驾被交警拦下。

就在他下车的一瞬间，抄起一瓶五粮液，一口气就喝了半瓶。

然后边喝边说：“我不是酒后驾车，我是驾后喝酒！现在我喝了酒，不能开车了，不然要拘6个月。我车就停这儿，乱停车你们开罚单，拖走也行。我打车走了，明天再来提车！”

一日，一司机开车路上被劫，劫匪说：“下车！”随后又说：“做100个俯卧撑！”

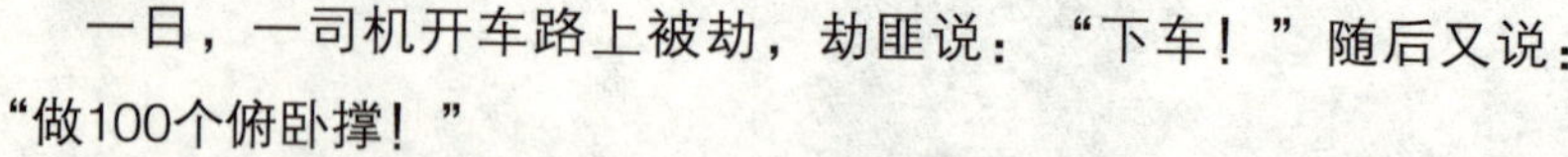

司机被迫顺从，说：“还没见过你这样劫道的。”做完后，劫匪又说：“再做500个！”

司机又做，完后，已是四肢无力，头昏脑涨。只见劫匪朝身后树

林大喊：“妹妹，你可以坐他车进城了。”

交通警察在公路上截停一辆汽车，对司机说：“你在车速限制为50公里的地带超速至75公里。”那汽车司机苦笑着问道：“请你改写成我在车速限制为80公里的地带把车开到120公里行吗？我正想把这辆汽车卖掉！”

一个人新买了一辆奔驰汽车。一天晚上，他开着它在州际公路上高速行驶。当指针指向时速80英里的时候，他突然看见一辆警车跟在他后面。“他们是没有办法赶上一辆奔驰汽车的。”他心里这样想着，又加大了油门。指针越过110英里，最后指在120英里的位置上，但那辆警车仍然跟在后面。他把车停在路边。警官把他的驾照和汽车都仔细检查了一遍，然后说：“我就要换班了，你是我抓到的最后一个超速的人，我不想再开罚单了，如果你能给我一个我从没听说过的理由来解释你的超速行为，我就放你走。”“上星期我的妻子跟一个警官跑了。”那人说，“我担心你想把她送回来。”“你走吧。”警官说。

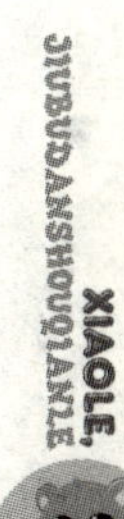

一个交通警察站在公路旁，手拿一叠罚款收据，专门罚超速行驶的司机。一辆小轿车被叫住了。司机下车，明智地掏出一张100元钱递给警察。警察问：“你为什么开这么快？”司机说：“我这不是急着给你送钱嘛！”

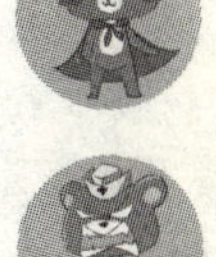

卡斯省吃俭用在二手货交易市场买了一辆最便宜的小轿车。那天，卡斯的小轿车被警察拦了下来。警察把车子损坏的部分开列出长长的单子，又问他里程表灵不灵。卡斯摇摇头。警察说：“开车不知道速度是犯法的！”卡斯忙解释道：“先生，我知道车的速度。车门颤抖，时速是30英里，整个汽车颤抖是40英里，我心里颤抖时，时速已超过了50英里。”

这天，新贵开着他那辆名贵的保时捷奔驰在路上。忽然！一台野狼125从后方追上，机车上那位老阿伯骑士还转头对着他说：“少年！骑过野狼125没有？”语毕，呼啸而过。新贵一听，相当的火大：“小小一台野狼125也敢跟我保时捷抢？！”于是，油门一踩，加足马力超越了老伯……想不到没过3分钟，老阿伯又追上来了……“少年！骑过野狼125没有？”同样的，语毕，便呼啸而过。“哇咧！竟一而再再而三地挑衅？！”新贵再度加足马力，快速将老阿伯抛在脑后。没多久，老阿伯竟又追了上来！不过这次，就在老阿伯要超越新贵时，他摔倒了，并滑了出去。新贵赶紧下车查看老阿伯的状况，只见老阿伯慢慢坐起，一脸带血的无奈表情，对新贵说：“少年啊！你有没有骑过野狼125？可不可以告诉我刹车在哪儿啊……”

一位交通警察发现一辆汽车沿着高速公路以22Km/h的速度行驶，于是警察开车将这辆车拦下来停在路旁。他看见车里坐着五位老太太，前排两个，后排三个，后排的三个人脸色苍白。开车的老太太一脸迷惑地问警察：“警官，我可没超速啊。”警察说：“太太，你

没超速，可速度太慢一样会给别的车带来危险。”“太慢？！”老太太说，“可是我看见那个标牌上写着‘22’呀！”警察忍住笑解释道：“22是公路编号。”老太太谢了警察指出她的错误，警察又问：“车上的人都没事吧，为什么她们抖得这么厉害？”老太太说：“没事，我们刚从119号公路上下来。”

有一对夫妻在马路上开车超速，结果被交通警察拦了下来。老公问：“警察先生，有什么问题吗？”警察说：“你的车超速，你开到时速75公里了，可是这条马路只能开55公里！”老公解释说：“警察先生，没有那么快啦，我只开到了65！”在一旁的老婆说：“老公！你明明是开到80啦！”老公听到以后就瞪了他老婆一眼。警察说：“还有，你的后车灯也坏了，这也要罚款。”老公说：“后车灯？我不知道后车灯坏了！”在一旁的老婆又说：“老公，你明明在两个礼拜前就知道了啊！”老公听到以后又瞪了他老婆一眼。警察又说：“除此之外，因为你没有系安全带所以也要开罚单。”老公就解释说：“喔！因为你刚刚把我拦截下来，所以我停在路边后刚刚才拿下安全带的。”在一旁的老婆又说：“老公，你可是从来都不带安全带的啊！”这时老公很生气地对他老婆骂道：“你给我闭上你的鸟嘴！”于是警察就问他老婆说：“这位太太，你老公平时都用这种态度对你讲话吗？”这时老婆很高兴地说：“不会啊！他平时对我好温柔好温柔喔！他只有在喝醉的时候才会对我这样子喔！”

一年轻人去赶火车。因为时间来不及，他问农场主：“我想通过农场的那条小路，这样能够快一点，因为我要乘6：45那趟火车。你

不会反对吧，先生？”

“当然不会。如果我农场里的公牛发现了你，你乘6：15的那趟火车都来得及。”

一暴发户买了一辆高级轿车，他兴奋地对他的司机说：“你去车管所上个好号，要多带‘8’或‘6’的。”司机领命去了。第二天，司机来见这位暴发户，说：“老板，车牌上好了。”暴发户说：“什么号啊？”司机说：“0544。”暴发户一听非常不满地说：“我让你弄带8带6的号，你一个没弄，反而带了那么多4，你咒我啊？”司机说：“老板您别着急，这个号虽没带8和6，但寓意深刻，霸气十足，您听0544，就是‘动我试试’啊！”暴发户一听甚悦。过了一个多月，司机挂彩来见。暴发户忙问怎么回事，司机哭丧着脸说：“咱的车让人给撞了。”暴发户暴跳如雷地说：“谁敢0544（动我试试）？”司机说：“也该着咱倒霉，撞咱的车比咱‘牛’，车号是44944（试试就试试）。”

阿拉贡骑着他心爱的毛驴去城里，他的好朋友开着车路过，请他坐到了车里，毛驴跟在车后。车开到了30km/h，毛驴在后面紧紧跟着，一会儿车速到了60km/h，朋友担心地问：“你的驴恐怕不行了，它的舌头都伸出来了。”“向哪边伸？”“左边。”“保持方向，它要超车了。”

有位老兄带着妻子及岳父开车经过旧金山的金门桥。刚开过桥，

就被站在路边的警察及旧金山市长拦住。警察满脸笑容地对他说："你是自从金门桥建成后第5，000，000，000，000，000个开车过桥的人，市长先生将发给你5000美金作纪念。"这老兄听后高兴得合不拢嘴。警察问他："这5000块钱你会怎么花?"这老兄忙说："我正穷得连驾驶执照都办不起，所以第一件事就是赶快去办个驾照。"他的妻子在一旁听得直急眼，赶快抢白跟警察说："别听他瞎说，他一喝醉了酒就胡说八道！"一直在车里迷迷糊糊打瞌睡的老岳父这时醒来，看见那警察，气得直嚷起来："你看你看，我早就跟你们说过，这偷来的车就开不远！"

一辆耀武扬威的大卡车上放着一块大木牌，上书："本车与他车相撞17次，其中15次大胜，1次平局，只有1次失利。请君在撞我之前要三思而后行。"

在马来西亚柔佛市交通安全周期间，交通部门在一些路口张贴了如下的标语牌："阁下驾驶汽车时，如果时速保持30公里左右，可以欣赏沿途美丽风景；时速超过50公里，请到法庭做客；超过80公里，请到医院留宿；超过100公里，请你安息吧。"

一位妇女从巴黎回来，向她丈夫诉苦道：“在巴黎，每天我要付500法郎的房租，太贵了。”她丈夫点头表示同意，说：“500法郎，的确太贵了。不过你在巴黎15天，一定看到很多好东西吧？先讲一些给我听。”“好东西？”妻子嚷了起来，“我什么也没看到。我不能每天花费500法郎房钱，让房间整天空着吧！”

问：“win98与win2000有什么区别？”

答：“win98的垃圾箱是方的，而win2000是圆的。”

问：“那又怎样？”

答：“同样面积的情况下，圆的比方的能装更多的垃圾！”

一位银行行长对他的计算机工程师说：“请你解释一下，我们为什么要花那么多钱去解决一个‘虫子’的问题？”工程师简单地把原理讲了一遍，他举例说：“比如一个客户在2000年的前一天存入一万元钱，如果‘千年虫’不解决掉，他在第二天就能得到100年的利息，我们将遭受重大损失。”

行长似乎已经完全理解了问题的重要性，他激动地问道：“那是不是说，如果我们提前一天把贷款放出去，第二天就能得到100年的利息？”

一天，一醉汉走出饭店，上了出租车，对司机说：“希尔顿酒店，8楼818房间。”途中，司机发现醉汉把衣服一件一件全脱下了，便说：“先生，还没到你的房间呢！”醉汉一听恼火了：“你为什么不早说呢？刚才我已经把皮鞋脱在门外了！”

警察：“先生，这里是禁止吸烟的，请缴罚款50元。”

阔少：“简单，这是100元，拿去找。”

警察：“可是我没有零钱找你。”

阔少：“那么，你也吸一支吧！”

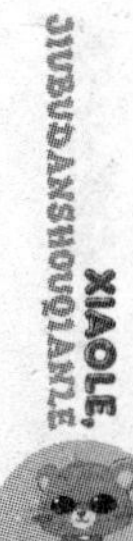

“因为我今年整55岁，我的生日是5月5日，我住在5层楼，我有5个孩子，所以，在跑马场，我认定5号马准能取胜，我押了5美元。”“结果怎么样呢？”“咳！它跑了个第5名……”

一对夫妇来到美国赌城拉斯维加斯。他们被那豪华的赌场迷住了，于是赌了起来，4天过后，他们只剩下2美元了。“让我一个人去赌吧，”丈夫对妻子说，“我感觉今天的运气不错。”他一下楼，就来到轮盘赌桌，将他所剩的最后2美元压在红14号上，结果他赢了。他又继续下注，下一次赢一次。不出一个钟头，他已经赢了5万美元。他感到时来运转，于是捡起筹码，走向出纳。他刚走到出纳身边，心里又想再赌最后一次，所以又回到轮盘赌桌，将所有的筹码都压在黑10号上。轮盘转了一圈又一圈，最后在红12号上停了下来。他垂头丧气地回到房间里来。“喂，”他妻子迫不及待地问，“手气怎么样？”“输了2美元。”

商人多姆贝要死了，他的亲友和邻居围在他的床前。多姆贝声音微弱地说：“丽姆，不要忘了，商贩施姆尔欠我们50克朗。”妻子立即把丈夫的话重复一遍：“我请所有在场的人作证：商贩施姆尔欠我们50克朗。”“还有铁匠列普欠我们80克朗。”“我请所有人作证：铁匠欠我们80克朗。”“请不要忘了，我亲爱的，我还欠面包师丁根贝120克朗。”这时，他的妻子说道：“多可怜啊，我的多姆贝，他已经在说胡话了！”

有个有钱人的儿子，已经30岁了，还是什么事都不懂，只知道依靠着父亲糊里糊涂地过日子。一天，他父亲请了个瞎子来算命。他父亲50岁了，算命瞎子说可以活到80岁。又给他算了一下，说他可以活

到62岁。他听后，伤心地大哭起来，说：“我父亲只能活到80岁，那么，我60岁以后的两年靠谁来养活呢？”

有一人很想买一只鹦鹉，一天他在街上看见有一家宠物店，店里有一只非常漂亮的鹦鹉。于是他说：“我愿意出30美元买这只鹦鹉！”但是有一个声音说：“我愿意出50美元！”他不服气，喊到：“我出100美元！”到了200美元的时候那人终于不说话了。他拿着鹦鹉想：如果它不会说话呢，我不是冤了吗？于是他问店老板：“这只鹦鹉会说话吗？”老板回答说：“当然，你以为刚才是谁和你喊价？！”

一个人去商场，见到一台能验商品价格的机器。出于好奇，他把手伸了进去，却看到上面显示：“一只猪手5.3元。”那人很生气，把头伸进去，看看有没有问题，只见上面又显示：“一个猪头10.5元。”

有一个人买了10头驴子，当他骑在一头驴上数数时，发现只有9头驴子，当他下来数时，就有10头驴子。于是他说：“我步行就赚一头驴子，骑驴就损失一头驴子，还是步行好！”

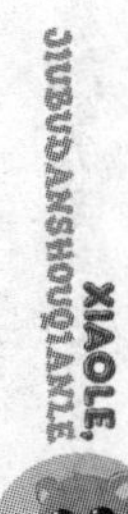

前苏联时期，一男子来到酒馆。男子：“来瓶伏特加！”侍者：“10卢布。”男子：“上次来怎么还是5卢布？”侍者：“伏特加5卢布，另外5卢布是党的革命基金。”男人不情愿地掏出10卢布递给侍者，奇怪的是，侍者又找给他5卢布。男子：“怎么又找了5卢布？”侍者：“酒都卖光了。”

笑料不断，猛料不断，让你笑翻天

3个城里的富人决定到海上去旅游。刚到海上的第一天就刮台风，把他们刮到了一个小岛上，他们3个被岛上的野人抓住了。野人头领说：“你们3个现在去弄10个水果来，否则我们就吃了你们。”刚说完，他们就走了，过了一会儿，第一个人弄了10个椰子回来。野人对他说：“你把这些椰子吃了，吃的时候不能笑，否则杀了你。”他吃呀吃，最终没吃完，被野人杀了。又过了一会儿，第二个人来了，他弄了10个草莓回来，野人也叫他吃了，当他吃到第9个的时候，他笑了，也被杀了。后来，第一个人和第二个人在天堂见面了，第一个人问第二个人：“你都快吃完了，为什么要笑呀？”第二个人说：“因为我看到第三个人抬了10个冬瓜回来。”

朋友买了一部车，在后面贴了一个“4×4”的车贴，有一天他把车停在大院，不晓得哪家娃儿手痒，在“4×4”后面用美工刀狠狠地刻了“=16”的划痕。没办法，他只好花钱给车重新喷了漆，为了防止再次遭到黑手，他只好在“4×4”后面自己贴了一个“=16”的纸板。他想这次应该没事了，谁知第二天看车，差点没把他气晕。这回不知是谁在“4×4=16”的后面划了大大的一个“√”，并写“你答对了”！

一天，一个村的村长去城里开会。到城里吃完饭后，在那儿闲溜达，突然想起村里有很多人说城里的漂亮姑娘很多。一看，还真多。他就在那儿数。1、2、3、4、5、6……数着数着，忽然来了个小伙子，对他说：“你，干什么呐？”村长说：“俺，俺，俺没干啥啊，就数数美女。咋啦？”小伙子说：“我是税务局的。你数到多少了？”村长说：“数了50多了！怎么着？”小伙子说：“那你交5块钱税吧。”说完，村长就给了小伙子5块钱。小伙子走后村长心里想：都说我们农村人傻，我看城里人更傻！我刚才都数到60多个美女了。

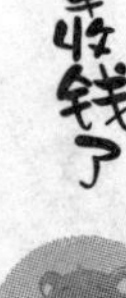

请发3条短消息，你可以交财运，请发6条短消息，你可以交官运，请发12条短消息，你可以交桃花运，请发20条短消息，你就花掉2元钱。

在一个吹牛大赛中，第一个参赛者说：“我非常富有，有22家电视台，22家航空公司，22家邮轮公司，80家石油公司，22家建设公司，34艘游艇，还有许多游览车及其他国际生意，比日本第一富豪还有钱。”“太好了！”评审说。又对第二个参赛者说：“现在轮到你了，先生。”第二个参赛者说：“我是他老板！”

问：“像这样一堆的空心砖多少钱？”答：“200元。”问：“大队长来买，怎么只要150元？”答：“主任来买只要50元。”

问：“为什么？”

答：“这是官窑。”

某设计人员在绘制一张图纸时，将上面的“1×1000”误写为“1000×1”。项目主管发现后，把他狠狠批评了一顿。他甚是不服，问主管两者有何不同。主管训道：“你跟一个女孩约会一千次，与跟一千个女孩各约会一次，能是一回事吗？”

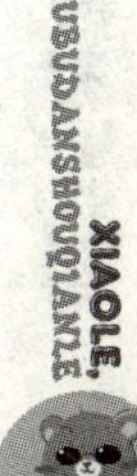

奥巴马考虑现役将军太多，不利应对财政危机，决定凡提前退休的，可按身体的任意两点距离，每10厘米补发一万美元。第一个将

军要求从头量到脚，共180厘米，他获得18万美元。第二个将军要求从举起的手量到脚，共230厘米，他获得23万美元。第三位将军要求从脚量到左手。大家哗然，那不吃大亏了！当军医量时，诧异地问：“你的左手呢？”将军平静地说：“在伊拉克！”

有一次，俺去吃饺子，老板说有5块的、6块的、10块的，问俺要哪种。俺一脱口就说：“6块的多少钱？”老板剧寒……当时俺脸爆红……其实我想问6块的是几个……

神父起身对自己的教徒们宣布：“今天这里有个人曾经跟别人的妻子调情。如果他不把5美元放进盘子里，我就在经坛上说出他的名字来。”当盘子绕祈祷人群走过一圈并返回到神父面前时，盘子里出现了19张5美元面额的钞票，另外一张2美元下附有一张条子：“3美元我明天一定带来。”

一个为天主教募款的女孩，遇上一位老头子，对他说：“先生，请你为上帝捐一块钱吧！”“小姑娘，你几岁啦？”老头子问。“16岁，先生。”“好，我已活了70岁，我会比你先见到上帝的，到那时我自己交给他吧。”

有一个记者，在事业上非常不顺利，所以他想找一个新的题材来一举成名。他冥思苦想，终于眼前一亮，他有了一个想法：可以到精神病院写和精神病患者有关的文章。于是他就搬到了精神病院住下了，观察了好几天，他有一天意外地发现，一群精神病人围着一口井转圈儿，而且边走边念叨：“13，13……”他觉得这就是一个很好的题材。为了看个究竟，第二天他很早就起来了，他来到井边，一个人都没有，接着他感到后面有人踢了他一脚，他被踢到了井里，于是他听到外面有人喊：“14，14……”

给中国人的英语考试很无聊，给外国人考的汉语考试同样无趣。

据说某中文听力考试题这样考：“羊毛衫大减价了啊，件件10元，样样10元，全部10元了啊！”

问：“什么东西10元？”

A、件件；B、样样；C、全部；D、羊毛衫

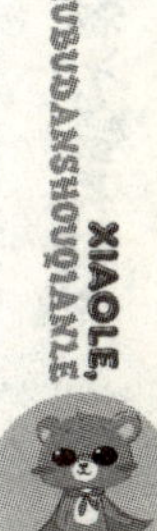

小贝看到电视里正在播放某产品实行三包的广告，就对妈妈说：“妈妈，从明天起，我也要三包！”

妈妈不解地问她：“什么三包？”

小贝：“糖一包、饼干一包、巧克力一包。”

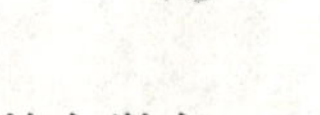

儿子问我韩愈是谁，我告诉他："韩愈是一位伟大的文学家，25岁就是进士了。"

儿子不屑地说："爸爸，我今年才6岁，就已经近视了。"

某人想减肥，发现网上有种减肥药号称吃一个疗程就可见效，并承诺无效退款。虽然开价很贵，但他减肥心切，还是网购了这种减肥药。货到后，只见说明书上写着："每隔两小时服用一次，每次一粒，每天十二次，空腹食用。"

爸爸："你说，1加2等于几？"

儿子："不知道。"

爸爸："我和你妈妈，再加上你，一共等于几个？笨蛋！"

儿子马上回答："三个笨蛋。"

小强考完试回家，把考卷交给了妈妈。妈妈指着考卷说："我怎么觉得这100分最后的一个'0'，好像是后添上去的？"

小强马上接着说："您看错了，这后面的两个'0'都是后添上的。"

丈夫到法院要求和妻子离婚。他说：“我们之间不和已经有三年了。”

法官：“你们结婚多久了？”

丈夫：“两年。”

在墓园门口，一男子问：“纸房子多少钱？”商贩答：“20元！”“这么贵啊！去年不还只要15元吗？”“房价涨了！”

一个MM跟我说：“给我举几个大器晚成的例子，我论文要用！”

我：“黄忠60跟刘备，德川家康70打天下，姜子牙80为丞相，佘太君百岁挂帅，孙悟空500多岁西天取经，白素贞1000多岁下山谈恋爱！”

如果你有100万，买套房吧，收藏我们的爱情；有10万，买辆车吧，驱动我们的爱情；有1万，买颗钻戒吧，见证我们的爱情；有0.1万，去郊游吧，放飞我们的爱情；有0.01万，吃次烛光晚餐吧，浪漫我们的爱情；有0.001万，那就买瓶水吧，浇灌我们的爱情。

昨天接到一骗子短信，让我速把钱汇入农行一账号。我半小时后顺手回了一条：“已存5000，请查收。”结果今天收到回复：“都跑银行三趟了，还没收到你的钱，你这个骗子！”

有一位黄先生，他儿子叫黄军，他经常带着儿子乘坐8路公交车，所以经常有这样搞笑的镜头：黄先生带着儿子走向车站，看见远处公交站台驶进一辆8路车，立刻对身边的儿子大喊：“黄军，快跑，8路来了！”

糊涂爆笑事
——我上辈子怎么就看上你了呢

水晶宫队已经赛了7场，战绩很不理想，2胜2平4负……

已经有很多俱乐部表示要购买皮耶罗，拉齐奥出价3000万美元，曼联出价更高，2800万美元。

18号传球，张效瑞跳起头球攻门，进球的是18号张效瑞。

××球员30公里外一脚远射，进球了！

女人不怎么爱踢足球的原因是：她们无法忍受周围有10个人跟她穿同样的衣服。

黄球迷：“请问你们球队为何规定晚上11点钟关门，而不是10点半呢?”

教练：“因为我们球队门口那家歌舞厅要10点半才关门，我当然要留半个小时的走路时间给队员。”

一个巴西农场主在一座城市附近买下了一块地后，马上开着拖拉机去耕耘，犁钵从地里翻出了一颗门牙。“倒霉。”他嘟哝了一句，继续往前耕。100米后他又挖出了一颗牙齿。“简直莫名其妙。”农场主自言自语，还是往前耕去，大约30步后，犁头又从土里翻出一颗牙齿。“这事肯定不对劲。”他叫了起来，掉转拖拉机就开回家去。当晚他就给这块地的原主人写了一封信：“我买下的地以前是不是坟地？我要求您把钱还给我，我可不喜欢鬼魂出没的土地。”两天后来了一份电报：“别生气，那里本来是个足球场。”

一个说话带有浓重口音的老师问一学生：“50+9=？”

学生想了半天才答道：“武术+酒=醉拳。”

飞机上有一对父女。父亲30，女儿6到7岁。空姐非常漂亮，父亲忍不住多看了她几眼，女儿：“看什么看，你觉得有意思吗？我妈一不在你怎么就像这样？”父亲憋得脸通红：“快吃东西，少废话，要不然以后不带你出来了！”女儿嘟囔：“都说女儿是父亲上辈子的情人，我就不明白了，我上辈子怎么就看上你了？”

小仁对小洋说：“我在巷口捡到了10块钱。”

小洋：“一定是我昨天掉的那张。”

小仁：“可是我捡到的是两张5块的！”

小洋：“那一定是掉的时候摔破了。”

今天早上坐在公交车上,我后面的一对母女在讲话，妈妈考女儿说：“我们家有20个苹果，你吃了5个，还有多少个呀？”小女孩想了一会儿，说：“15个。”过了一会儿，小女孩跟妈妈说：“妈妈，我也给你出一道题，我有十个手指头，爸爸剁了我两个，老师剁了我一个，我还有多少个手指头？”

阿伯到柜员机改银行卡密码，塞进卡后听到语音指示：“请输入密码！”阿伯看四周没人，掩着嘴小声说：“5678、5678啦！”

在气象台实习终于知道“明日降水概率为30%”是怎么算出来的

了。台长在办公室里找了十个人，说：“同意明天下雨的请举手。”结果三个人举起了手……

有一天，小东和小月夫妻俩搭小飞机去观光。他们的飞机驾驶员对自己的驾驶技术非常有自信，吹嘘说如果这对夫妻坐他的飞机而不叫一声他就输50元。嗜赌的小东和小月夫妇俩当下就答应了。在天空中，只见驾驶员使出浑身解数连翻了五十几个跟斗，但是却不见后面发出一声哀号。降落后，驾驶员很气馁地说：“你们真是厉害！”“嘿嘿！认输了吧？”小东说，“不过跟你说哦，刚刚我老婆摔出飞机时我差点叫出声来！”

在一个精神病院里，有一天院长想看看三个精神病人的恢复情况如何，于是在他们每人面前放了一只小白兔，第一个精神病人坐在小白兔的上面，揪着小白兔的两只耳朵，嘴里嚷着“驾”，院长摇了摇头；第二个人背对着小白兔，拍着它的屁股，嘴里说着“给我追”，院长叹了口气；第三个人蹲在那里一个劲儿地摸着小白兔，院长看后，满意地点点头，只听他说了一句：“小样的，放你300米，等我擦好车再追你！”院长倒地晕倒……

男孩红着脸，结结巴巴地说：“我们做朋友吧，我爱上你了！”然后一脸期望地望着女孩。女孩笑笑，问：“好吧，你要听3个字的汉语还是8个字母的英文？”男孩略一心算，马上笑容满面：“英文吧！”女孩红唇轻吐：“I am sorry！”

一队新兵将去执行维持和平任务。出发前，指挥官简要地说，当地是埋有许多地雷的危险区域，行动要特别小心。这时候一个新兵举手提问：“万一踩上了地雷，应该怎样做？”指挥官迟疑了一下，说：“按照标准程序，你应该凌空跃起大约六十米高，然后分散降落在方圆100米的地面上。”

阿联酋学生给他爸发了封电子邮件：“老爸，柏林是个好地方。这里的人都很友善。但是我进了学校有点不好意思。别人都坐地铁上学，就我一个开纯金奔驰。”爸爸回信：“儿子，给你转了2亿美元过去。别给我丢人了，赶紧去买个地铁!”

有个专爱占小便宜的人到市场上去买葡萄。他在第一个葡萄摊前停下来，捻了几个放进嘴里。卖主忙道：“甜不？不甜不要钱！”他摇了摇头，又来到第二个摊位。吃了几个葡萄，又来到第三个摊位……最后他打着饱嗝，来到第十六个摊位：“这葡萄甜不甜？”“不甜不要钱！”“那就给我来一斤不甜的吧！”

医院里那些奇人笑事

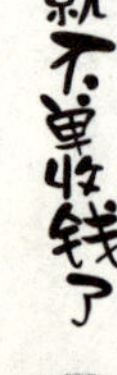

★

有一个人因为总控制不了放屁，来到医院检查。在候诊室等了20分钟，终于轮到了他。“大夫，您给我好好看看，我总是控制不了放屁。”“放屁？”“是啊，我经常出入社交场所，这不，前天还见了市长先生，可我和他会面时还是忍不住放了五个屁，当然没发出声响。还有，昨天晚上我和大使一块儿吃饭时还放了四个闷屁，甚至刚才在候诊室里还放了六个无声的闷屁呐！您看怎么办呢？”“这么办吧，您先到耳科检查一下。”

★

吝啬鬼到医院，医生：“你的病很严重，我开个50元的病床给你静养。”吝啬鬼：“能不能便宜45元？”“护士，太平间加张床！”

一名彪形大汉到医院去，向医生请教治疗失眠的方法。“这很容易，”医生说，“你只不过有轻微的神经衰弱。晚上当你躺到床上时，就默念数字，从1数到10，循环数，便容易入睡啦。注意：贵在坚持。”一个星期后，这个大汉又来到医院。他显得比上次来时更疲惫不堪。医生吃惊地问他怎么会弄到这般田地。病人说：“我坚持每天晚上一躺到床上就不断从1数到10，可是每次数到8，我就跳起来了。”“为什么呢？”“我的职业是拳击教练。”病人回答。

某人听说施行某种手术可以使他得到一个新的脑子，他走进医院，问医生有些什么样的脑子可供挑选。“这是一位出色的工程师的脑子，每盎司500元。”

“还有什么？”

“这是一位律师的脑子，1000元一盎司。”

“你们还有点什么吗？”

医生们面面相觑，接着示意他走到一个遮盖住的容器前面。他们轻轻地说：“这是议员的脑子，它每个盎司要25万元。”

“啊！为什么这么贵？”那人惊呼道。

医生们对他说：“首先，这个脑子几乎没有使用过；其次，你是否知道，得有多少个议员才能弄得到一盎司的脑子吗？”

内阁总理病了。他在医院里接到一份慰问电：“议会祝你早日康复，187票赞成，186票反对。”

★

在一位将军的府上，有几位指挥官聚在一起吹嘘自己如何勇敢。有一位指挥官首先说道：“伊斯坦布尔战役打得异常激烈，那乱飞的枪弹比倾盆大雨还要密集，我们与敌人展开了白刃战，我奋勇拼杀，数以万计的刺刀、利剑向我刺来，激战之后，我发现自己的脑袋被砍掉了四分之三，我用剩下的四分之一脑袋继续浴血奋战，消灭了全部的敌人，还俘虏了一个将军。”当时，阿凡提也在场，他接过话题说道：“的确，战争打红了眼什么都不顾了。您那次才被砍去四分之三的脑袋，而我的脑袋被整个砍下去，在地上滚了四五圈后我把它拾起来别在腰上继续与敌人拼杀，足足杀死五百人后我才走到战地医院治伤……”

不着调的雷人小段子

两个同事喝酒后大醉。其中一个拖着舌头说："现在我看到的所有东西都是双层的。"另一个赶紧从衣袋里掏出一张10元的票子说："这是我还你的20块钱。"

有天去饭店吃饭，结账后刮发票发现中了50元的奖。找服务员兑奖时，服务员面色怪异，小声嘀咕道："假发票也有奖？"

我有钱啦，都不知道怎么花，去买皮鞋，我对服务员开玩笑说："有人皮的吗？"服务员生气地说："有病啊你？有鬼皮的，要吗？"后来，我花一千多元钱买了一双，拿回去找人一看，鬼才知道

是什么皮的！

有位妇女觉得自己太笨，所以找医生希望能得到可以变聪明的药，医生收了她5000元之后把药给了她。三个星期之后，妇女回来说药没有用，那位大夫马上把药剂量加倍。一个月后，妇女回来对医生说：“大夫，我总觉得自己被骗了，你的药根本没效！”大夫：“怎么没效！现在你不变得聪明了？！”

一位老先生来到药铺，对伙计说：“给我来一剂泻药。”伙计把泻药递给他。“效力快吗？”老先生问道。“特快！您看对面的茅厕，离这儿刚好五十步远，只要您现在服下药，一跑到茅厕，一定见效！”过了一会儿，老先生愁眉苦脸地又回来了。伙计问：“您还要一剂，老先生？”“不，我来是为了告诉你，这里离茅厕的距离你少估计了两步！”

吃完午饭，看见食堂门口有卖西瓜的，买了俩一算账，六块五。我喊着说：“师傅，五毛就算了吧！”师傅点了点头，然后……对身边找钱的老伴说：“收他七块！”

一醉汉拦住路人问几点钟。别人告诉他已经是晚上11点了。醉汉摇摇晃晃地说：“奇怪，怎么我问每一个人的时间都不同？”

公交车上人满为患，售票员向正准备上车的人们嚷道：“不要再上了，已经没有位子了！”车上的胖MM忽然要下车，她刚迈下车门，只听售票员大声喊道：“快，快点！还可以上3位。”

说到还价，一个朋友是这么做的。朋友：“这菜怎么卖，多少钱一斤？”菜贩：“一块。”朋友：“八毛！”菜贩：“九毛！”朋友：“七毛！”菜贩：“八毛！”朋友：“来二斤。”

听到两个程序员聊天儿。

A：“借我1000块。”

B：“拿去，1024块，我给你凑了个整儿。”

有一次去机械加工厂咨询车床加工零件。我问：“你们这儿加工零件怎么收费？”一领导回答：“我这儿上一次床10块钱。”

中午吃饭时两个同事不知道什么原因抬上杠了(开玩笑的)，A对B说：“你跪下给我磕个头就给你100。”B说：“200就磕！”A咬牙说：“成交！”B一脸汗呐！正不知道如何应对，C给B支招说：“磕！放心磕！你就当是上错坟了！”

坐公交车，上来一个80多岁的老奶奶，手里拎了大包小包的东西。这时一个小伙子给她让了座。过了一分钟，那个老奶奶对着小伙子说：“帅哥哥，谢谢你哦！”周围的人都愣住了，那小伙子半天反应过来，回道：“不用客气的，美女。”

刚领了工资的老李从财务科走出来，小马忙迎上去：“老李，上个月借我的50元钱该还了吧？”“不好意思！”老李笑眯眯地说，“本来是要还的，但是这个月我迟到了两次，财务把那50元钱给扣掉了。”

男孩向他母亲哭诉：“我们班上所有同学都嘲笑我头大，说我是大头鬼。”母亲安慰他：“不要听他们胡说，你的头其实很好看。好了，不要哭了，去给我买五公斤大米回来吧。”男孩：“购物袋在哪里？”母亲：“要什么购物袋，就用你的帽子好了。”

一个刚从战场上回来的士兵，在茶馆里边喝茶边吹嘘说：“一天，我在战场上一次击毙了六个红胡子异教徒。”引起周围人的一阵掌声。“如果是你，阿凡提，”一位爱开玩笑的人说：“别说是六个，就连半拉也不会击毙的，你说对吗？”“并不见得，”阿凡提笑了笑，“我要给你讲一个非常真实的故事。”“好吧，就请你讲一个真实的故事，不要吹牛。”“那就请你们洗耳恭听。”阿凡提喝了一口茶开始讲道，“那天，像蚂蚁一样黑压压的一群敌人向一座小山头发起总攻，我一个箭步冲过去，大手一挥，一拍手击毙了十几个黑色异教徒。”“阿凡提，你又吹牛了。”有人说道。“不，我讲的是一个真实的故事，决无谎言。”“空手能拍死十几个敌人吗？”又有人问。“怎么不能，千真万确！”阿凡提说。“那是些什么样的敌人呢？”有人问道。“是十几个黑色甲虫。”阿凡提一本正经地说道。

一天，一群闲得无聊的人在街上吹牛聊天，阿凡提也凑热闹挤了过去。这些人更来劲了，聊得简直天花乱坠。嘴角发痒的阿凡提开口道：“昨晚我也见到一桩奇事，我从田里回来的路上，看见在主麻巴依的玉米田里有80只狼在闲逛。”“算了吧，阿凡提，那80只狼还不把地里的玉米扫荡光了？”其中一人问道。“你听我说，没有80只

也有40只。”“哪儿有40只一群的狼呢？”又一人问道。“咳，你们这些人也是，如果不相信40只，20只总该相信了吧，那些狼肯定有20只。”阿凡提说道。“狼一般生活在山上，怎么会跑到玉米地里呢？”又有一入插嘴道。“你们爱信不信，反正我听见玉米秆哗啦啦地响，不是狼就是狗呗！”阿凡提说道。

有一天，阿凡提想吃饺子，买了3斤肉。可是他的妻子给他吃的是素汤面。“肉呢？”阿凡提问。“给猫吃了。”阿凡提把猫放到天平上，猫重3斤。他歪着脑袋问道：“老伴呀，如果说这是猫，那么肉呢？如果说这是肉，那么猫呢？”

有一回，阿凡提因有急用，需要10块钱，可是到处借也借不着。阿凡提没办法，只好半夜里向胡大（真主）祷告道：“啊，胡大！求您开开恩，赐给我几块钱吧！要是您不肯白给，就是借给我也好呀！”阿凡提还没祷告完，就听见有人敲门，还敲得很急。阿凡提一边继续祷告，一边给妻子使了个眼色，叫她去开门。门开了，一看，原来是百户长（管辖100户的官）来了。“阿凡提！”百户长说：“我们村上要修礼拜寺，胡大保佑，派你出5块钱。”阿凡提叹口气说：“咳，胡大原来是个放高利贷的呀，钱还没借给我，就已经来收利息啦！”

国王到克里木来巡视，当地官员举办盛大筵席来欢迎他。席上，国王问阿凡提：“如果狼来了，你们怎么办呢？”阿凡提说：“我们

欢迎它，陛下！因为一头狼来一次只要一只羊羔，而且用不着我们接待它；一个国王来一次要用30只肥羊，而且接待起来非常麻烦。因此，我们宁可欢迎狼到这儿来。”

“孩子们，”女教师说道，“这本书下面有一条注释，写着‘歌德（1749—1832）’，这是什么意思？”

汉斯举手答道：“我知道，这是他的电话号码！”

老师问：“西班牙在15世纪时发生了多少次战争。”

学生回答说：“六次。”

“哪六次？”老师又问。

“第一次、第二次、第三次、第四次……”

一天，美国一大学布告栏上贴出一张纸条，上面写道：“寻物。本人在118教室遗失计算器一台。拾到者因无操作说明书也无法使用，敬请交还到学生会办公室。有酬谢。”不久，下面又有人新贴出一张纸条，上书：“启事！本人有该种计算器的操作说明书出售。联系电话：5483267。”

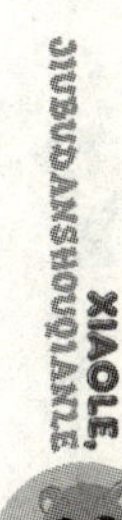

某妇人体重接近120公斤，她深以为忧，决心去看医生。“你最轻的时候有多重？”医生问。妇人感到有点困惑，答道：“3．5公斤。”

话说微软公司在2000年发行了一套操作系统Windows2000，在一家商店里，听到两个人在谈话：

甲："你说这微软前年推出的Windows98售价1998元，这次这个Windows2000怎么才1999元啊？"

乙："大概它也怕千年虫吧！"

一个人高兴地对妻子说："今天我真走运！我问售货员买一把锁多少钱，他说20元。我打开一看，里面还有两把钥匙呢！他忘了收钥匙钱了！"妻子："嘘！别让人听见。"

荷兰一家旅行社刊出这样一则广告："请飞往北极度蜜月吧！当地夜长24小时。"

一位18岁的妙龄女郎嫁给了一个81岁的百万富翁。在举行婚礼时，富翁问："亲爱的，我们年龄悬殊，你会真爱我吗？"少女嫣然一笑，答道："当然是真的。如果你是91岁，我一定会更爱你！"

妻子："我们以后生三个孩子吧。"丈夫："唉，两个就足够了。"妻子："三个！"丈夫："不行，两个！"妻子："我说三个就三个！"丈夫："生完第二个我就结扎！"妻子："好吧，希望你

同样爱第三个孩子。”

黄昏的时候，我在路上慢跑。有一个年轻人从我后面跑上来，在我耳边急促地叫着：“快跑！”“发生了什么事？”我问身旁的年轻人。“赶快跑。”年轻人跑到我的前面。我快速追了500米以后，气喘吁吁地追问：“到底发生了什么事？”“你跑得太慢了。”年轻人丢下我，自顾自往前跑去。

甲同学：“今天的数学考试，最后一题答案是9吧？”乙同学：“不，是6。”甲同学：“不可能，我特地和后面的同学对过，还用了彩票记数法在6后面加一横线就是9，以防字条拿反。”乙同学：“是6，我们和老师已经对过了。”甲同学：“啊！对了！他喜欢福彩，而我喜欢体彩，这回惨了！”

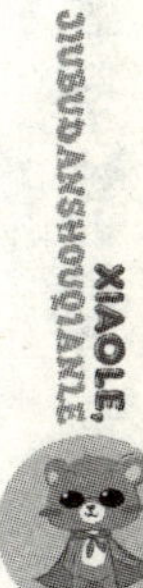

巨搞小段子大荟萃——不乐不行

17岁时，她看见我的手机："姐夫，你的手机不错嘛！"于是她姐姐把手机送给她了。18岁，她又看见我的笔记本："姐夫，你的笔记本不错嘛！"于是她姐姐把笔记本也送她了。今年她19岁，成了一个漂亮的大姑娘。她看着我羞涩地说："姐夫，你这人挺不错的。"我在等她姐姐发话……

晚上在宿舍楼下买零食吃，一共12块钱。

递给老板娘一张100的，想了想又摸了两块钱递过去，方便她找钱。

老板娘说："不用给了，这100块已经够了。"

两年内，有一个青年连续写了七百多封情书给他心爱的女友，结果他的女友终于宣布要结婚了，新郎就是给她送这些信的邮差。

夏尔对未婚妻说：“亲爱的，你瞧这串项链，上面正好有22颗珍珠。”

“为什么是22颗呢？”

“和你的岁数一样。”

“原来是这么回事，”未婚妻暗暗地责备自己，“要是我把30岁的真实年龄告诉他就好了。”

一个40多岁的男子，向一个20多岁的女郎追求了很久以后，写了一封信给她。他在结尾时说：“亲爱的，快拿定主意吧。这样拖下去，会让我耽误你的青春。”

“我丈夫很会赌博。”“我先生也是！”“他第一次买赛马券就赢了，而且是用1000元赢到30万元。”“我丈夫更厉害，他才交了一次人寿保险的钱，就马上赢回了3000万元。”

那天女友又抱怨说：“你看王某某又给他女友买了一条钻石项链。我同学的男朋友又给她买了对24K的耳环。我们恋爱这么多年，你给我买过什么啊？”

我：“放心，我为了你一定会努力的，很快我要为你买一栋豪华的海边别墅，买好多好多珠宝，还有跑车……”

女友：“傻瓜，你要知道抢银行是得坐牢的。”

爸爸教儿子识数，问道：“儿子，1后面是几呀？”

儿子：“2。”

爸爸：“那2后面呢？”

儿子：“3。”

爸爸：“那3后面呢？”

儿子：“茄——子。”

雷人笑事，要多笑有多笑

我朋友单位的领导，由于在开会时听到的几乎都是成绩方面的汇报，所以在听汇报过程中，他惯用的口头禅就是“好啊！好啊！”一次台风过后，在灾情汇报上，该领导迟到了，一个镇长正在汇报说：“我镇的香蕉树在这次台风中被吹断了40%……”该领导大概只听到了“40%”这个数字，他一坐下便习惯性地接口说：“好啊！好啊！”大家愕然，所有的眼睛都看着他。该领导以为大家都被他的话鼓舞了，于是挥着手大声说：“下次要争取60%，甚至更高！”

局长带一行人视察养猪场，完毕，养猪场场长大摆酒宴款待，花了3000元。送走局长，会计问场长怎样报销，场长说：“和过去一样，记入饲料账上。”

有个单位的书记在招聘人才时对同伴说：“用人就要用橄榄球，没有橄榄球乒乓球也行，千万不能用排球。”同伴问：“怎么解？”书记洋洋得意地说：“35岁左右的人年富力强是橄榄球，25岁左右的人能蹦能跳是乒乓球，人过40？是排球……”同伴说：“书记呀！咱们单位离开您还真不行！您今年高寿？”书记哈哈大笑：“我还年轻，今年才55。”

三个女人谈到一个急于结婚的男人。17岁的少女：“那个男人是不是长得很英俊？”25岁的大姑娘：“那男人一个月的薪水有多少？”35岁的老处女：“那个男人现在在哪里？”

一个姑娘特别有钱。一天傍晚，一个贫穷而诚实的小伙子对她温存地说：“你那么阔。”“是的，”姑娘坦率地承认，“我值100万美元。”“你能嫁给我吗？”“不。”“我料到是这样。”“那你又何必问呢？”“我只不过是想体验一下，当一个人失去100万美元的时候，是个啥滋味。”

一位朋友来到李三家里聊天。见他正在折纸鹤，就问道：“折这么多的纸鹤是送给女朋友的吧！”李三回答：“是的，女朋友对我说，如果你是世上最爱我的人，那你就折1000只纸鹤送给我吧！”朋友说：“你折了这么多只，恐怕已超过1000只了！”李三说：“已经超过了346只，还得再折654只，凑成2000只。”朋友说：“一定是

想给女朋友来个惊喜！”李三说：“哎！原因是另外一个女朋友也提出了相同的要求。”

一对同年同月同日生的老夫妇过60大寿，宴席期间，上帝降临，说可以满足夫妻二人两个愿望。老妇人说：“我的梦想是周游全世界。”上帝将手中的魔术棒一挥，哗，变出了一大摞机票。老头说：“我想和小自己30岁的女人生活在一起。”上帝又把手中的魔术棒一挥，哗，把老头变成了90岁。

65岁的富翁正在与一位风华正茂的妙龄女子谈恋爱，而且准备向她求婚，他征求自己的好朋友的意见：“假如我说自己45岁，她是不是会嫁给我？”

“假如你说自己今年90岁，”朋友狡黠地回答，“那么成功率会更大些！”

第二次世界大战期间，德军占领了巴黎。两个纳粹军官走进塞纳河畔的一家旅馆住宿，而旅馆老板是一个热忱的爱国者，对纳粹十分厌恶。纳粹军官傲慢地环视四周，道：“这个猪圈！住一宿要多少钱？”老板回敬道：“一头猪100法郎，两头猪要200法郎。”

机械化工兵部队的长官，结束了对新补充进来的士兵所作的关于部队机械化程度的演说。一名善于思考的新兵说：“长官，我发现了

一个小小的问题。”“什么问题？”“原来50个人做的工作可以分给200名士兵做。”

军士向新兵介绍部队的艰苦生活和服役情况，只听他一本正经地说：“军队的士兵一天要干25个小时。”“但是，一天只有24小时呀？军士！”一名新兵叫了起来。“因此就必须每天提前一个小时起床。”

海军司令视察一艘新造的舰船，当他走到水手舱时，舰长告诉他，这是50名水手的舱房！海军司令大吃一惊：“难道50个人就住这么一点地方？”舰长解释道：“不是50个人，是50个水手。”

真是乐死人

★

一日，某人内急，好不容易才找到厕所。守门大妈要他交6毛钱才能放行。遗憾的是，他只有3毛。没有办法，他只好求老太：“大妈，我身上只有3毛，可不可以打个折，我少尿一点就是了？”

潘曼打工快满一年了，这天财主突然说：“我问你，世上什么东西最好吃又最不好吃？答对了，多发你10文钱，否则就扣你一半工钱。”潘曼知道财主在耍花招，便答应着走进厨房，端来一碗硬糠饼放在桌上。财主一看是给长工当饭吃的东西，不敢说不好吃，潘曼便说：“既然最好吃，那你就吃一口吧。”财主嚼着又馊又酸的硬糠饼，不觉“哇”的一口吐出来，潘曼侧身道：“老爷，这是世上最好吃又最不好吃的东西。你说对吗？”财主无话可说，只好给他加了10文钱。

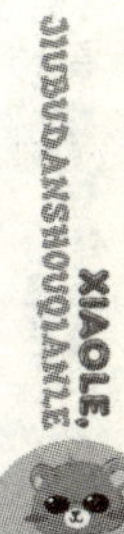

★

一天，学兽医的迈克先生外出散步时碰到玛丽娅太太养的一群小鸡。他观察了一会儿后对玛丽娅太太说：“太太，公鸡和母鸡的数量相同是不科学的，一般情况下，一只公鸡可以配养10只母鸡。”“什么？”玛丽娅太太惊叫道，“你是说1只公鸡可以配10只母鸡？这是你们男人的想法，我不干。”

我收到女友短信：“我准备两个月不洗澡。”

我：“为什么呢？”

她：“我现在这个地方太脏，上午洗了下午就脏了，所以我打算两个月不洗澡了。”

时间过得真快，两个月过去了，她变成了巧克力公主。

一女人领着狗去看兽医。

医生说：“您这只贵宾犬……”

女人打断医生的话：“对不起，请你尊重点儿，不要叫他‘犬’，他是我宝贝儿子。”

医生说：“请问你儿子多大了？”

“9个月。”

“你儿子哪儿不舒服？”

“他最近心情不好，总喜欢咬人。”

“请问你儿子以前打过‘狂你儿子疫苗’吗？”

买瓶饮料，瓶盖上写着“再来一瓶”。找店家兑换，店家说兑奖时间已经过了。我一看兑奖时间到2011年，生产日期2012年。

昨天又与老爸谈论了一下中考。

他说：“你们现在考试多好，又要接又要送的，当年我考试的时候，都是自己骑自行车去的，都不知道考场在哪儿，一边问路一边去，考完了试，老师让我们回家等通知。”

我好奇地问：“然后呢？”

只见老爸叹息一声，缓缓说道：“结果一等就等到现在，等了30年通知也没来。”

“大点儿怎么啦！女大三抱金砖啊，快告诉老妈，我未来儿媳到底比你大多少呀？”

儿子低头沉默了一小会儿，说：“九块砖。”

“快看，那架直升机在空中已经停了五分钟啦！”

“啊，怕是没油了吧！”

小明在赶飞机途中遭遇车祸成了植物人，医生说唤醒他的希望只有万分之一，极为渺茫。

他的亲人没有放弃，根据他往日的做派，每天在他耳边呼唤：

“小明，快起来哦，航空公司答应赔偿呀！”

奇迹终于发生，小明醒来第一句话就是：“那住宿费报销不？”

★

孔明：“三日前，我吩咐你造的二十只草船是否布置妥当？”

鲁肃：“先生放心，早已完毕。瞧，这船皆是当下最前卫的敞篷款。”

★

没钱人换手机号：×××，新换手机号×××××××××××……欢迎骚扰，请吃饭按1，介绍对象请直拨，借钱请打110。

★

有个懒汉天天屁事不干，坐吃山空，朋友便调侃他：“假如我给你1万，要买你的双眼，你干不干？”

懒汉摇摇头。

朋友又说：“如果我给你10万，买你的一双手，你干不干？”

懒汉又摇摇头。

朋友继续问：“要是我出100万买你的双脚，你干不干？”

懒汉伸伸脚，打了个哈欠，说：“拉倒吧！凭你能有100万？”

★

一位年轻妈妈抱着女儿进了医院。女儿天真地说：“妈妈，我们来干吗？”

妈妈：“打针啊！”

女儿：“干吗要打针，针做错什么事了吗？打针不疼吗？”

五分钟后女儿开始咆哮：“这是针打我，这是针打我……”

★

刚从地下车库出来，发现忘带钱包，交不了停车费被困在车库出口。

后面车里一好心姑娘替我掏了18块钱停车费，还把找回来的32块钱也塞给我，说：“一会儿万一您再进个停车场，可就不一定能碰见我了。天啊，真是叫我太感动了！”

后来我想找姑娘要个电话方便还钱，姑娘说：“钱都给了，就别惦记人了。”

★

公交车上上来三个聋哑人，行驶过程中，两个聋哑人频繁用手语交谈，另一个人却直愣愣地站在一旁，面带忧郁。

“你怎么不说话？”那两个聋哑人问。

“我手疼。”

“发生什么事了？”

“昨天我去KTV唱了一晚上歌。”

★

儿子今年6岁，中午为了哄儿子睡觉，就对儿子说：“儿子，我们来玩个游戏，我当长官，你当卫兵，你要听我的命令。”

儿子很开心，因为他最喜欢玩游戏。

玩了五分钟，我对儿子说：“卫兵，长官现在命令你脱衣服睡觉。”

儿子不高兴地说：“妈妈，卫兵不站岗了吗？”

刚出生的儿子对婴儿用品过敏，因此，每次洗完澡后我都给他抹橄榄油。

有一天，4岁的女儿看着我为她的弟弟抹橄榄油，显得很不安。她忧心忡忡地问：“妈妈，你想把他煎了吃吗？”

记者采访：“像您这样的大书法家，怎么会蜗居在40平米的房子里？”

大师说道：“小的时候，我父亲给我讲了王献之的故事。他父亲王羲之告诉他，只要把院中的十八口水缸拿来磨墨练字，直至水用完，便可明白书法之道。”

说着，他环顾了一下四周，“我家也没水缸，我就在墙上写，这屋当时有100多平米呢。”

宝宝数学很好，2岁就可以从1数到10了。后来，我告诉他0比1还小。

今天吃饺子，我说：“宝宝，你数数你想吃几个饺子？”

“0，1，2，3。”一边说着一边拿起一个饺子，“这是第0个。”

老婆怒吼：“下一代还是做程序员的命！”

一个程序员在肉店买了1公斤肉，回家一称，他不高兴地跑回肉店对老板说：“少了24克……”

老爸喜欢养鱼，买了五条养在鱼缸里，一开始一回家就喊：“我的五福！”

一周以后，爸爸回家就喊：“三宝我回来了！”

同事跟我说：“趁着孩子小，常带他出去走走看看，到各地的风景区逛逛。”

我点点头：“你说得对，就得趁孩子小时带他出去长长见识，等他大了，上了学，想出门就得特意找时间了。”

同事说：“不光这个，你想想，等他长到1.2米，无论到哪个地方都需要多花钱了。”

★

表妹刚读大一的时候，班里只有6个女生，住一个寝室。

她在寝室人缘最好，总是买夜宵、买早饭、买零食给室友吃，还买了个小蛋糕炉做蛋糕给她们吃，但自己都不怎么吃，每次看别人吃，她就在那里傻笑。

室友都说，这个心地善良的傻姑娘，以后谁娶了谁最有福气。

一直到了大二，她成了班里最瘦的女生。

然后，找到了男朋友。

算命的说我在99岁的时候有一劫，不过事情不大，只是感情问题。

朋友生日，我带小儿子参加。酒足饭饱过后大家去卡拉OK，小儿子自告奋勇要为主角唱歌。掌声四起。“我为叔叔演唱一首《折寿》。”众哗然。我回头看屏幕：《祈祷》。

让你开心一下的幽默段子

飞行员："指挥塔，我是实习机2345，我的油不够了。"

指挥塔："实习机2345，我是指挥塔，请保持冷静并立即减速，调整机身成最佳滑翔角度，你看得见机场吗？"

飞行员："嗯。指挥塔，我现在正停泊在南机坪四号道，我只是想让加油车过来一趟。"

吃晚饭时老婆没在家，7岁的女儿坐在老婆的位置上，假扮妈妈。儿子对她以妈妈自居不服，就说："你自以为今天是妈妈吗？你知道99乘6是多少吗？"女儿一本正经地回答："孩子，我没空，问你爸！"

一只老母鸡加一只老公鸡猜三个字：“2只鸡”；一只老母鸡加一只老公鸡猜5个字：“还是2只鸡”；一只老母鸡加一只老公鸡猜7个字：“笨蛋，就是2只鸡。”

高考的日子定在6月7、8日，其含义完全取决于考试结果——考得好的同学会觉得：欧耶，678谐音是录取吧！没考好的同学会感叹：上网的都知道，错误678，是宽带ADSL拨号上网用户常遇到的故障提示，简单地说就是掉线了……

刚刚看到一个签名：要是不好好奋斗，就不能养儿子，因为如果有一天儿子说：“妈妈，我把同学打了，他家长要5万医疗费。”我就可以说：“什么！要5万！给你20万，再打3次！”为了成为这么棒的妈妈，我要好好奋斗了！加油！

巨搞的幽默笑话

某人买了一坛酒放在走廊，第二天发现少了15升，便在酒桶上贴“不许偷酒”四字。第三天，酒又少了25升，他气得又贴了“偷酒者重罚”五字。第四天，酒还是被偷，只剩下15升，他肺都气炸了。好友知此事，说：“笨蛋！你不会在酒桶上贴‘尿桶’二字？”他觉得有道理，就照办了。第五天他哭了——桶满了。

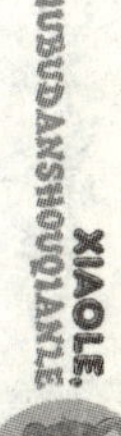

懒羊羊：“村长，有一种动物很特别，您肯定不知道它的名字！”

慢羊羊：“笑话！那动物是什么样的？”

懒羊羊：“那家伙有3个脑袋，6只手，18只脚，5条尾巴，100只眼睛，外加一个碗口大的肚脐眼。它长着翅膀不会飞，走起路来却

快如风，你说它叫什么名字？”

慢羊羊冥思苦想，三天三夜也想不出来，于是又去翻查书籍，忙了一个月也没结果，最后，还是去问懒羊羊。

懒洋洋：“书上不是写着吗，它是个妖怪。”

慢羊羊：“有个农夫养了5只鸡，每天能得到5个鸡蛋，算一算，他一星期能得多少鸡蛋？”

懒羊羊：“村长，他的母鸡星期天休息吗？”

慢羊羊老师把考试卷发下来后，懒羊羊一道题也不会做，便在试卷背后写道：“只有上帝知道怎么做，我不知道。”

试卷发下来，懒羊羊一看，上面写着：“上帝100分，你0分！”

一个记者采访100只企鹅一天都干些什么，第一只说：“吃饭、睡觉、打豆豆。”第二只说：“吃饭、睡觉、打豆豆。”一直问了99只都如此，问到第100只说：“吃饭、睡觉。”记者问：“你怎么不打豆豆？”企鹅曰：“我就是豆豆。”

“老兄，有钱没有？借100元急用。”“我只有50元，够不够？”“好，先给我50元，其余50元，算是欠我的好了，过两天有钱时记着还给我！”

朋友租房到期，中介检查的时候说有一个门上有3个洞，一个洞需要扣100块钱。他问：“确定一个洞100块钱吗？”中介说：“确定！”只见他拿起菜刀咔嚓咔嚓把三个洞连成了一个，回头对中介说：“能省200就省200吧。”

一家超市，经常需要在商品包装上用记号笔标注价格。6和9不好区分，经理就规定：“识别时，要看下边的×号。比如，6下边画个×，就表示售价6元。”一日，一顾客来买袜子，他看着袜子上的数字，先是念道：“不是9。”随后掉过个儿来，念道：“6不是。”他很是生气，问经理：“你这破袜子到底卖多少钱？”

2岁半的男孩亲了同岁的女孩一下，女孩天真地说：“你可要负责哦，将来一定要娶我哦!”男孩被女孩逼着拉钩发誓才算完。10岁的男孩亲了女孩一下，女孩脸红地说：“我要告诉老师去。”最后男孩被老师罚站1小时才算完。15岁的男孩亲了女孩一下，女孩生气地说：“流氓！啪的一声，给了男生一巴掌。”

物理课时，老师问：“11伏、30伏、220伏、1000伏和3500伏的电压，哪个可以摸，哪个不可以摸？”学生：“都可以摸，但有的只能摸一次。”

早上去买巧克力，标价8元一块，我给老板一张20，回头他找给我一张20加两个硬币，我诚实地说老板多找啦，老板拿回20的，转身给我两张10元的……

一天，爸爸问儿子考试得了多少分。儿子答：“语文46分，数学54分，共计100分。”爸爸说：“共计这门课考得不错，继续努力。”

我的一个朋友有一次从车站打车回家，问司机：“到××镇多少钱？”

司机：“150。”我朋友问：“100走不走？”

没想到司机态度恶劣：“没钱你打什么车？滚！”

我朋友默默地走开了。

几天之后，我朋友在车站又看到那个司机和其他好多司机在等客。

我朋友走过去问另外一个司机：“到××镇多少钱？”

司机：“150。”我朋友问：“200走不走？”司机：“走啊，当然走了！”

我朋友说：“但是走到半路的时候你得让我把袜子塞你嘴里。”

司机：“你有病吧！为了多赚你50块钱我会这样？”

我朋友又找到旁边另一个司机：“到××镇多少钱？”

司机：“150。”我朋友问：“200走不走？”司机：“走啊，当然走了！”

我朋友说："但是走到半路的时候你得让我把袜子塞你嘴里。"

司机："你搞错了吧！为了多赚你50块钱我会这样？"

就这样，我朋友一会儿就把其他所有的司机都问了一遍。除了上次侮辱他的那个司机之外，所有人都知道我朋友肯出200去××镇，但是半路上要把袜子塞到司机嘴里。

最后我朋友来到了那个侮辱过他的司机那里："到××镇多少钱？"司机："150。"我朋友问："200走不走？"司机："走啊，当然走了！"

我朋友说："但是出发的时候你要对所有人喊：'我200去××镇啦。'"

司机："这有什么？走！"

接着就听大喊："我200去××镇了啊！"

所有司机："天哪，就为了50块钱……"

姨父出国一年，打电话告诉姨妈："老总奖励了50万！"姨妈高兴劲刚上来，姨父又说道："换成人民币大约300多块。"

数学系女友要分手，男友问原因。

女："你经济一穷二白，性格不三不四，在人面前总装得人五人六，多爱学习似的，可成绩却乱七八糟！"

男："你太夸张了！"

女："我说的八九不离十！"

数学这东西，才是三分天注定，七分靠打拼。剩下140分就真的没办法了。

一日在包厢里唱歌，一个哥们儿靠着沙发睡着了。

我推醒他说：“你怎么睡着了？”

他：“唱歌没意思，睡一会儿。”

我：“这么吵你也能睡着啊？”

他：“你以为我四年大学是白上的吗……”

刚看见一个摩的，加上骑车的一共四个人，已经严重超载了，在过十字路口的时候，交警让他停下，雷人的摩的师傅来了一句：“坐不下了。”开着车就走了。

小明好奇地问：“爷爷，书上说人生60才开始，开始什么呢？”

爷爷无奈地说：“关节炎、风湿痛、糖尿病、中风……”

一老汉过90大寿，一位亲戚对老汉说道：“真希望我还能来参加你的百岁大寿。”

老汉说道：“我相信你一定能的。”

90年代中期，家里买了新电视机，21寸的，比之前14寸的大了好几圈。

看大电视，全家当然都很高兴，尤其是奶奶，我记得当时她问我爸：“这回新闻联播里那俩广播员儿应该能看着全身儿了吧？”

短信订月饼：本短信已附加订月饼功能，多种口味任选，豆沙味请按1，莲蓉味请按2，巧克力味请按3，水果味请按4，火腿味请直接按大腿。谢谢合作！

小明：“时间有冲突的时候，我就用扔骰子来决定。1学语文，2学数学，3学历史……只有6代表出去玩。”

小华：“可我总是看见你在扔啊？”

小明：“做事要有耐心，多扔几次。”

中午跟同事在食堂吃饭时讨论我们几个的身高，我被冠以夜用加长型，她自己是日用型的。

旁边的一个1米5多的同事说：“那我呢？我是啥？”

我们俩异口同声地说：“你是护垫儿。”

老公拿着一个兰花碗，非常郑重地对老婆说：“你以后不要再摔碗了，这碗是你妈留下的，现在只剩两只了，其他的都让你给摔了。”

老婆白了老公一眼，说：“那你以后也不许气我，我也是我妈留下的，只留了我一个。”

甲：“你年薪多少?”

乙：“1000万。”

甲：“那一个月有80万多哦!”

乙：“是的，这是基本工资。”

甲：“不错嘛，做什么的?”

乙：“做梦的。”

鸡和兔15只，共有40只脚，鸡和兔各几只？算法：假设鸡和兔训练有素，吹一声哨，抬起一只脚，40－15＝25。再吹哨，又抬起一只脚，25－15＝10，这时鸡都一屁股坐地上了，兔子还两只脚立着。所以，兔子有10÷2＝5只，鸡有15－5＝10只。这种算法，让二元一次

方程情何以堪……

我最近发现一个完美的结婚年龄差距：20岁的美女嫁给50岁的富翁，美女50的时候，富翁归西，美女成为富婆；然后50岁的富婆包养一个20岁的帅哥，过30年，富婆归西，帅哥成为富翁；然后50岁的富翁帅哥娶一个20岁的美女……

邻居家小孩不爱学习，5以内的加减法都学不会，于是他爸就很生气地亲自教他：“你左手5个手指头，咔嚓一刀剁掉3个，还有几个？”可爱的孩子愣了几秒，扑通一声就跪下抱着他爸的腿嚎哭：“爸爸，别杀我……别杀我……”

甲乙两富豪在公园散步，突然发现路上有一坨狗屎。甲对乙说：“你把狗屎吃了，我就给你5000万。”“成交。”接着又发现一坨，乙对甲说：“你要是敢吃了，我也给你5000万。”甲正心疼那5000万，当下吃了个干干净净。甲乙相拥大哭：“一分钱没有挣到，一人却吃了一坨屎……”

动物园管理员发现袋鼠从笼子里跑出来了，于是开会讨论，一致认为是由于笼子的高度过低所致。所以他们决定将笼子的高度由原来的10米加高到20米。结果第二天他们发现袋鼠还是跑到外面去，所以他们又决定再将高度加高到30米。

没想到隔天居然又看到袋鼠全跑到外面，于是管理员们大为紧张，决定一不做二不休，将笼子的高度加高到100米。

一天长颈鹿和几只袋鼠们在闲聊，“你们看，这些人会不会再继续加高你们的笼子？”长颈鹿问。“很难说。”袋鼠说，“如果他们再继续忘记关门的话！”

一士兵十分好赌，被调到另一个军队，介绍信写道：“该士兵生平好赌。”

新军官问：“你好赌？平时赌什么？”“比如你右手臂有胎记，赌200元。”军官把上衣脱下，没有胎记。军官收下钱，打电话给前军官：“他不会赌了，他刚输我200。”“是吗？他跟我打赌5000元，说他能让你脱衣。”

丈夫回家很不高兴，妻子关心地问：“你遇到不顺心的事了吗?”

丈夫：“今天我在公共汽车上拾到200元钱。”

妻子：“那应该高兴啊！”

丈夫：“另一个乘客也看见了，我和他平分……”

妻子：“那你不是还有100元吗？”

丈夫：“回家前，我才发现那200元其实是我自己丢的。”

小明刚回到家，爸爸就问道：“今天那么晚回来，不是又挨老师罚了吧？”小明没说话，点点头。爸爸问：“为什么？”小明：“老师问我2+3等于几，我说等于5。”爸爸：“没错啊？”小明：“后来老师又问，3+2等于几？”爸爸：“这明摆着不是一样吗？”小明说：“爸爸，我也是这样说的……”

我去买牛奶。小贩说：“1瓶3块，3瓶10块。”很无语，于是掏出3块买了1瓶，如是三次。然后对小贩说：“哈哈，看到没，我花9块就买了3瓶。”小贩：“哈哈，自从我这么干，每次都能一下卖掉3瓶。”

“美女，我们这房子使用率超高，80平方米的小三房(三居室)，真的很适合您！”

“你才小三！”

“大家都说我看起来只有80多斤，但是其实我有102斤，我到底重到哪儿了！”

“口味。”

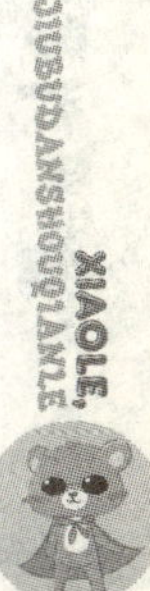

就是让你笑——搞笑集合

老师：“电动玩具和100分，你选哪一样？”

学生：“100分！”

老师：“不错，爱学习，有上进心。”

学生：“我爸爸说如果我考了100分，就送我电动玩具。”

星期一上午，孩子们兴奋地走进教室。老师给他们上周末布置的作业是：卖些东西，然后谈谈对卖东西的看法。

小丽第一个发言。她说：“我卖的是小朋友最爱吃的小甜点，收入50元。”

老师评价说：“很好。”

小莉接着发言。她说：“我卖杂志，共赚了45元。我对人们解释

说，杂志可以让他们随时了解时事。”

老师又说：“很好。”

最后轮到小强了。他走上讲台，倒出满满一盒现金，说：“500元。”

老师惊叫一声：“你究竟卖了什么？”

小强答道：“牙刷。”

老师追问道：“卖牙刷怎么可能挣这么多钱？”

小强自豪地解释说：“我在街上最热闹的地方摆了一个食品摊，免费让行人品尝食品。每个人尝过都会说，这东西味道像粪便。我告诉他，这就是粪便。然后，我再问，要买只牙刷吗？”

为什么4+3等于7，3+4还是等于7呢？看上去明明是两道不同的题呀。我3岁时，父母老是想培养我数学，我非常不合作，他们就经常威逼恐吓。往往我刚背熟4+3=7，大人就一脸狡猾地看着我阴阴地笑，然后就说：“那3+4呢？”我一害怕就糊涂了，觉得大人那样的表情，就说明答案一定和4+3是不一样的，然后大人气急败坏，我又终于搞清楚3+4=7，但是大人又回到上面的表情，我就又有了上面的思索，然后就又一次恶性循环……那时自己觉得自己是世界上最可怜的小孩。

王朔的小说《一半是火焰，一半是海水》里面的游戏很有意思，就是手中夹硬币然后让对方回答问题的那一个。

问比1大的数字有吗？对方说有。

再问比10大的数字有没有？对方说有。

一直问到100000。

最后问比你傻的傻瓜有没有？对方会很警觉地说“没有”！

一次去买东西，买了3块5的东西，给她10块，找我7块5。我说：“找错了吧？“她看看手中的东西，又给我1块，我没说话，继续看着她。她特不好意思，又给我40，还说：“不好意思，当10块的找了。”我怕她再当100的找给我，就走了……

我爸打电话来问：“你还好吧？”我说：“好啊，怎么了？”他说：“我收到一条短信说儿子被绑架了，要在3天内凑够20万打过去，不然就撕票。”我安抚父亲道：“爸，这些骗子短信太多了，你以后理都别理，什么时候收到的？”我爸：“上个月。”

“大师，请指教。”

“《道德经》说：‘道生一，一生二，二生三，三生万物。’你找个书法家把第二句写了，装裱后挂在墙上。”

别说灰太狼5年都没吃到羊肉了，《猫和老鼠》的猫从1940年开始就没吃到老鼠呢。

得知南蛮的象兵即将到来，诸葛亮暗暗心惊，想买头大象回来研

究。

不过当地乡民不认货币，诸葛亮想了想，叫来马岱：“给你五十石大米，给我换头象。”

马岱领命而去。第二天，诸葛亮发现自己的QQ头像换了。

老公突然说：“我外面有外债。”

老婆一愣：“多少？”

老公：“两百。”

老婆长舒一口气：“我还以为几万呢！”

老公：“你当家，谁敢借我那么多！”

一元钞票遇到了百元钞票，说：“兄弟，好久不见，忙啥呢？”

百元钞票得意地说：“我现在忙得很，处都跑，先是饭馆，然后赌场、游乐场、赛马场，那是各种忙啊。”

一元钞票叹了口气，道：“我倒是也去过不少地方，但是这些地方都差不多，无非就是募捐箱、募捐箱、募捐箱。”

周一到周五几兄弟被食人族抓住，厨师问怎么吃。

酋长道：“第一个多煮一会儿，第二个多放辣子和醋，第三个搁把莲子，第四个火别太大，第五个要把心切成两片，但千万别放油。”

厨师道：“周一难熬，周二辛酸，周三苦撑，周四焦躁，周五开心，我倒是明白，但为何不放油？”

“再难做，总比被炒好！”

小时候手里捏着五毛钱去买东西，一阵风吹来钱被吹跑了。

我找遍附近无果，于是脑残地回到钱被吹跑的地方，故意又扔了五毛，想顺着这五毛找到那五毛……结果……好吧，我丢了一块钱。

小丽在日记中写道：“今天去学校补课，在路上看到一对新人结婚，新娘和新郎打扮得都非常漂亮，还租了许多小汽车……这得花多少钱啊？要是用在希望工程上该有多好啊。”

老师：“小明，说出三条理由来证实地球是圆的。”

小明：“妈妈是这么说的，爸爸是这么说的，您也是这么说的！”

幽默导购PK搞笑顾客

★

顾客：“CQ35有货吗？”

导购：“没有了。”

顾客：“为什么没货啊！”

导购：“因为断货了。”

顾客：“哎，怎么会断货呀！”

导购：“因为没货了。”

顾客：“哦……那什么时候有货啊？”

导购：“到货的时候。”

顾客：“……”

顾客：“新品里哪款是13寸的？”

导购：“DV3、CQ35。”

顾客：“这两款哪个皮实一点？”

导购：“只有相对耐用的，没有绝对耐用的。”

顾客：“为什么？”

导购：“你见过谁家有祖传的笔记本？”

顾客：“……”

★

顾客：“CQ35-217TX什么配置？”

导购：“13寸，酷睿双核，2GB内存，320GB硬盘，512M显卡，高感光摄像。”

顾客：“现在多少钱？”

导购：“送礼包，5499。”

顾客：“这么便宜！”

导购：“这样吧，为了避免你不必要的担心，我们6500成交。”

★

顾客：“老板，现在惠普的DV3卖多少钱？”

导购：“高配7200。”

顾客：“这么贵！便宜点行吗？6000多能拿下吗？”

导购：“好的，给我先来5台。”

顾客：“？”

导购：“我觉得你的价格更实惠。”

顾客：“大哥，我发觉你好幽默。”

导购：“那还用说，你在中关村打听打听，我是本年度十佳幽默导购之一。”

顾客：“晕，这也有评的！”

导购：“当然了，哪个行业不评点先进。”

顾客：“……”

★

顾客：“我同学说，从你们这里买的笔记本，即使从4楼掉下来摔坏了，你们也可以换的，是这样吗？”

导购：“你们应该多关心一下这位同学，不要让他一个人待着，多陪他说说话，参加一些集体活动。如果还不见有什么好转的话，可以送到医院观察一下。”

顾客：“哦……”

婚后男士看过来，“妙招”教你存私房钱

1.

家里的地你一定要勤打扫，尤其是床下、墙角等比较隐蔽的地方，常常会有几枚硬币伴着清脆的“当啷啷”响声出现在你面前。运气好的话，出现五元、十元及以上面额的机会也是会有的。

2.

把自己锻炼成长跑健将，这样，每天就可以不坐公交车或打车上下班了，每天老婆给的交通费就可以直接纳入自己的财政收入。

3.

平日里腿脚要勤快些，但凡老婆让买东西，时间又允许，一定要货比三家。比如买青菜，只要多跑几个菜市场，你就可以以最低的价

格买入，以最高的价格上报，中间的差价不就到手了？

4.

要经常替老婆洗衣服，这样，可在洗衣服前将老婆所有可能放钱的地方仔细搜查，通常都会有所收获，少则一两元，多则三五十元。不过，要是收获超过一百元，为防止暴露自己的意图，建议交还老婆为妙。

5.

一定要经常收拾家里的垃圾，将家中的纸箱、铁丝、塑料袋、酒瓶、报纸、胶鞋收拾起来，碰上收废品的，再加上一定的讨价还价技巧，通常的收获还是比较可观的。注意：卖前应对瓶盖、小食品袋、易拉罐拉环仔细检查，万一碰上中奖标志，收获会更大！

6.

多学习，掌握一定的数学和经济学知识，比如数学里最简单的四舍五入，就非常实用。举个例子，一斤酱油八毛四，你一两一两地买，买一斤酱油不就有四分钱的收入了？

7.

养成与孩子经常交流感情的习惯，孩子通常是不太缺钱的，身上经常叮叮当当地有些散碎银两。大钱咱就别和孩子耍心眼儿了，不过小钱，你完全可以以替孩子暂时保管为名，占为己有。不过这事毕竟不太光彩，如果不是特别缺钱，还是不用为好。

8.

最重要的当属单位发的奖金了，工资卡上交，那是咱控制不了的，但哪个单位都会有不入工资卡而直接发到手的钱。不过要掌握好度，一点儿不交，一旦东窗事发，后果不堪设想。要是全交，你傻不说，想要私房钱就只能用以上七种苦方法了。

9.

最最最重要的就是你那张存了私房钱的银行卡，曾经有牛人支过招，办个卡，记住卡号和密码，然后把卡烧了，存下了私房钱就到ATM上通过“无卡存款”功能把钱存入，只不过用的时候你得需要补办卡。当然，还有个更好的方法，就是把卡放到你的父母或铁哥们儿那里。

一位父亲对孩子的超强现场灭日教育

一个大概五六岁的小男孩和他的爸爸站在卖日本寿司的柜台前，“爸爸爸爸，我要这个这个这个这个，还有那个那个那个。”

可怜的爸爸不知是自言自语还是在对售货小MM说：“这个要8块，这个要12块，这个要16块？这么小，什么做的啊。”

“爸爸，我还要这个，这个很好吃，上次妈妈买了，我要两个。”

我正想这爸爸可能要把柜台上摆的这二十来种寿司都买下了，只见他俯身抱起孩子：“路路啊，这些日本寿司好吃吗？”

“好吃。”

“你说日本动画片好看吗？”

“好看。”

“日本的机器人好玩吗？”

“好玩。”

“你再说说日本的MM漂亮吗？”

“漂亮。”

“可这些都要花钱的啊，爸爸买不起，要不用你那小猪里面的钱买好吗？”

“我不嘛。”这是个小守财奴。

“那这样好吗，路路快点长大，我们拿上枪，去日本打日本鬼子，把他们的东西都抢过来，这样路路就可以吃很多很多的寿司，玩好多好多的机器人，看好多好多好看的动画片，还可以和好多漂亮的日本小MM做好朋友，而且都不用花钱，这样好不好？”

“好！”小守财奴点着小脑袋。

“那我们回家去打枪好吗，这样长大了路路就可以一枪打一个日本鬼子了。”做爸爸的在趁热打铁。

“嗯。”

于是做爸爸的把孩子放在肩膀上，雄赳赳地离开了。

卖寿司的小MM一脸的暴汗。

有关警察的真实笑话

黄雀在后

美国芝加哥一个警察局成功地侦破了一宗盗窃案，缴获了30万美元赃款，全局上下都大为高兴。不料，正当他们盘问被捕的疑犯时，另一窃贼溜进警察局的后门，又撬开保险柜，把放在里面的30万美元赃款全部偷去，气得高兴太早的警察们捶胸顿足，悔恨不迭。

天外飞车

在奥地利，一支特警队驾驶警车在山区追逐一辆匪徒的小轿车，两辆车在盘山公路上一前一后飞驰。由于不熟悉地形，警车在一道急转弯处驶出公路，冲下山坡，车上4名特警队员急忙跳出车外，警车则一直冲到下一级盘山公路，恰好与行驶至此的匪车撞个正着，匪车

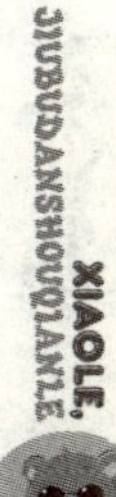

顿时熄火，车上的匪徒束手就擒。

误打误撞

在澳大利亚的布里斯班，一位警官受命带队搜捕在一幢公寓的四楼非法聚赌的赌徒。警官心里颇不愉快，认为无需为这些赌徒如此兴师动众，无奈警令如山，只得执行。

当他心不在焉地带领一队警员冲上公寓时，竟数错了层数，一直冲到五楼。也没看清门牌，就一脚把门踢开。房间里根本看不到赌钱的人，却有几个神色慌张的家伙。原来，这伙人是非法贩运武器的罪犯，正在房间里包装枪械。警官如获至宝，把武器贩子抓获归案。后来，据此线索还破获了一个武器走私集团，警官也借此立功升职。而四楼的赌徒，则闻风逃散。

意外收获

在美国加利福尼亚州，警方为了掌握一个贩毒集团的活动情况，在贩毒者经常活动的街区附近开设了七八个出售水果、杂货、书报、零食之类的小铺子，伪装成店员的警探借小铺子作掩护，昼夜监视该街区的犯罪活动。过了半年，警方在掌握了足够的线索后，终于突然出击，把贩毒集团一网打尽。但不久之后，曾经装扮过店员的警探有近半数向上司呈交了辞职申请，因为那七八个小铺子在半年间平均每月盈利8000多美元，这些警探决定辞职做生意去了。

警匪互换

联邦德国一家电视台在拍摄一部以警匪交战为题材的电视系列剧之前，特地向警方借来几位警察，请他们在剧中扮演警察。排演的时

候，导演总觉得扮演警匪双方演员的表演不尽如人意。当时有人开玩笑地说了一句：“干脆让他们互换角色吧！”导演灵机一动，决定试试看。

一试之下很满意。于是正式拍摄时就让警察扮演匪徒，让原来准备扮演匪徒的演员出演警察。结果该系列剧播出以后，观众的评价非常好，收视率也很高。当地一家娱乐杂志上的文章说：“我们的调查发现，有些不知内情的观众认为这部系列剧之所以成功，可能是让当过囚犯的人扮演匪徒。”

《不差钱》买车版

某进口名车专卖店门前，一中年男停下摩托车，男销售迎出。

男销售："对不起大哥，我们这里是进口名车专卖店，门口不能停放摩托车。"

中年男："不是，小伙子，我是来买车的，你看我不像吗？"

男销售："不太像！"

中年男："兄弟，我今天买车很重要，你可得招待好了。我下星期要结婚，可我女朋友非要我在你们进口名车专卖店给她买辆汽车，要不然就不结婚。她一会儿就来，我赶在她前面先来问问行情。你们这儿随随便便一辆名车得卖多少钱？"

男销售："一两百万吧。"

中年男："一……两百万哪？咋那么贵呢？啥材料做的？"

男销售："不是材料问题，是品牌值钱，我们卖的都是豪华名车，啥名车都有。"

中年男：“兄弟这样，我给你一百块钱。”

男销售：“啥意思，你要买啥？”

中年男：“一百块钱能买啥？这是给你的小费。我都说是来买名车的人了，还给不起你小费？”

男销售：“哎呀大哥，你真敞亮，你太帅了！”

中年男：“还帅呢，我跟你讲，这一百块钱不是白给，等下我女朋友来了，你得帮着配合点儿。”

男销售：“咋配合啊？”

中年男：“其实我的意思，买车不在乎贵贱，总不是一开？代个步而已。大哥我不差钱，也就是觉得买名车太浪费。所以待会儿我女朋友来了，我想你既不能把那些名贵车推荐给我，又还得给我面子，别让女朋友觉得我没钱。明白我意思没？”

男销售：“……”

中年男：“比方说，我要是找你买比较贵的车……”

男销售：“那我就说没有呗！”

中年男：“哎呀小伙子，你太厉害了，太有悟性了！好了，我女朋友来了，看见没？就门口穿红衣服那位。”

男销售：“放心吧，保证二位满意！”

红衣女：“哇，亲爱的，这里都是奔驰宝马，都是名车啊！”

中年男：“哎哎，销售员快过来！”

男销售：“女士、先生，两位好，请问你们要买什么车？”

中年男：“两百多万的奔驰，有吗？”

男销售：“对不起，没有！”

中年男：“那一百万左右的宝马给我来一辆！”

男销售：“对不起，没那么贵的！”

中年男：“有什么价位的？”

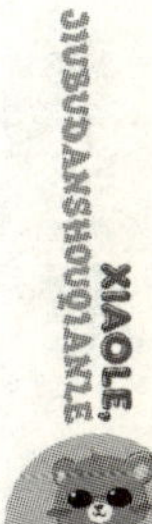

男销售：“有四、五十万的。”

中年男：“四……五十万的……有……有吗？”

男销售：“有还是没有啊？”

中年男：“这是你的店，那得问你啊。大哥我这儿不差钱，你得明白着点儿！”

男销售：“噢，那没有！”

中年男：“我说小伙子，你们这是啥名车专卖店哪，要啥啥没有。我四十好几的人了，找个女朋友容易吗？我们现在着急买车结婚，你说买辆什么车好呢？”

红衣女：“亲爱的，你问问他们这儿有没有奥迪车卖。”

中年男：“有也别买，奥迪是奥拓它哥，能好到哪儿去？”

红衣女：“要不，咱不买进口名车了，先买辆国产车开着吧。”

中年男：“买国产的？也行，先开着，以后再换。来，小伙子，我们买辆奇瑞QQ！”

男销售：“没有!”

中年男：“这个……可以有!”

男销售：“这个……真没有!”

中年男：“这样，我给你带来了，这是奇瑞专卖店的电话，你打电话调货过来。”

男销售：“妈呀，没这么做过呀!”

中年男：“那是我没来，我要早来了，你们早这么做了。”

男销售：“这大哥，真太抠了!”

中年男：“小伙子你看，今天我们也是带着十二分诚意来你们进口名车专卖店的，等会儿我们就要提车了，你不得搭配送个礼包啥的？”

男销售：“送太阳膜、地胶、真皮、脚垫对不？哎呀我说大哥，

你也太抠门儿了，合着你在我们店一辆车都没买，我们店里还倒贴进去几千块钱哪！”

中年男：“我说小伙子，不是我们一辆车没买，是我们要买奔驰宝马你都没有。”

男销售：“我有没有你心里还没数吗？”

中年男：“我有啥数？不是你说都没有吗？”

男销售：“别说话了，一会要弄出个有来咋整啊?”

中年男：“到底有没有你说清楚，大哥我这儿是差钱还是咋地？”

男销售：“我知道大哥你不差钱，我的意思，你好容易攒钱买辆车，不能太在乎钱，钱花完了还可以再挣。你看我虽然是个销售员，但我总结，买车吧可得慎重，有时候一想跟吃饭一样一样的。大酒店一吃虽然贵点儿，但环境优雅心里踏实，嚎！烧烤摊儿一吃虽然便宜，但搞不好坏肚拉稀，嚎！开车时候最担心的事情你知道是什么吗？开车最担心的是开着开着，刹车没了!”

中年男：“拉倒吧，开车时候最最担心的事情你知道是什么吗？最最担心开着开着，没钱加油了!”

一个网管的遗言

一个网吧网管在自杀前的遗书：来这儿的客人98%都是弱智，开机不会，输入法切换不会，字母大小写转换不会，玩私服登陆服务器怎么用不会，QQ开语音不会，进了游戏不会退出，私服服务器关了说机子有问题，语音聊天不会开麦克，说网吧耳机是坏的，看电影嫌不是普通话的！老子真想一把捏死他，再揉成一团，再搓成麻花，放油锅里炸，再拿出来一脚踩得粉碎。

问我：“网管，有没有禁片看？”我说：“没。”他怪电影不全!

QQ登陆不上说机器不好！我跑过去一看，密码不对，居然还问我密码多少!

还有一个更厉害的小妞，接了一个不认识的网友的视频，喊我过去，问我视频里的人是谁！我还有这本事?

打个CS别人放颗闪光弹，他遭闪了，狂喊：“网管死机了……”

前天一个恐龙MM聊QQ问我怎么打字。我问她：“你不会打字

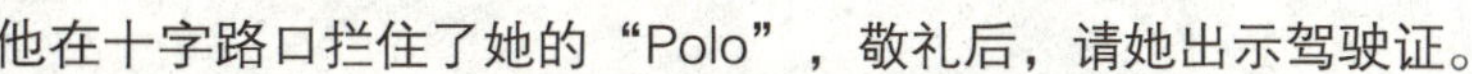

他在十字路口拦住了她的“Polo”，敬礼后，请她出示驾驶证。

“这是为什么？”她吃惊地问道。

“您违反了交通规则。”

“谁告诉您的？”

“我亲眼看到的。快出示证件，我等着呢。”

“您是不是认为我没有驾照？”

“我没这样认为。”

“可是，我怎么可以把证件交给一个完全不认识的人呢？”

“我是交通警察，我有权这样做。”

“可我怎样知道您是交警呢？”

“难道您没看见我穿的制服？”

“制服能说明什么？制服是可以造假的。”

吗？”她说：“会。”我说：“那你打字就行了。”(同时帮她调好输入法)一会儿又叫我，说：“网管，我怎么打不出来字啊。”我说：“你要打什么字打不出来？”她告诉我说：“你先打个‘你好吧’。”我帮她打了。然后你们知道她怎么说的吗？她说：“你别走了，就坐在我边上帮我打字吧。”

今天有人问我：“网管我这里怎么没有QQ币呢？你帮我下载点QQ币……”大哥，那玩意儿要是能下载，我就不用上班了！

哎，我还是去找上帝喝茶了。

看交警怎么收拾贫嘴的MM

他在十字路口拦住了她的“Polo”，敬礼后，请她出示驾驶证。

“这是为什么？”她吃惊地问道。

“您违反了交通规则。”

“谁告诉您的？”

“我亲眼看到的。快出示证件，我等着呢。”

“您是不是认为我没有驾照？”

“我没这样认为。”

“可是，我怎么可以把证件交给一个完全不认识的人呢？”

“我是交通警察，我有权这样做。”

“可我怎样知道您是交警呢？”

“难道您没看见我穿的制服？”

“制服能说明什么？制服是可以造假的。”

吗？”她说：“会。”我说：“那你打字就行了。”(同时帮她调好输入法)一会儿又叫我，说：“网管，我怎么打不出来字啊。”我说：“你要打什么字打不出来？”她告诉我说：“你先打个‘你好吧’。”我帮她打了。然后你们知道她怎么说的吗？她说：“你别走了，就坐在我边上帮我打字吧。”

今天有人问我：“网管我这里怎么没有QQ币呢？你帮我下载点QQ币……”大哥，那玩意儿要是能下载，我就不用上班了！

哎，我还是去找上帝喝茶了。

“好吧，这是我的工作证件。”

“马震，你叫马震？”

“不是！我叫冯震！”

“字不清晰……照片也不像……”

“真的是我啊！只不过现在头发长了，胖了点。”

“我觉得照片里的人更帅一点。”

“你看完了吧，现在可以把驾照给我看一下了吧！再说你看后面堵了不少车了。”

“可是我还是没办法确定你的身份呀！”

“我穿着制服还给你看过证件，你还要怎么样？”

“看到的并不一定可信呀！我记得10年前，我的朋友张娜认识了一位军人，也穿着军装，还有教官证……（5分钟后）最后张娜好可怜呀！所以说看到的不一定就是真的。”

“说的是啊！有道理！看见的也不一定是真的!所以现在……（掏出警棍）我怀疑你的车是贼车！熄火！把手放头上！慢慢地爬出来！”

“我……”

“不要说话，不要随便乱动！不然我当你袭警！（同时掏出步话机）总台，现在发现一部车子，怀疑和车主身份不符！车主拒绝合作检查证件，请尽快调附近的巡警来支援，怀疑匪徒手中持有枪械，请调飞虎队来支援！同时请拖车前来！”

“等……”

“请不要跟我说话！我只是交通警察，有什么话跟刑事警察说！现在不要动！”

“我把驾照给你看！”

“好！还有身份证！慢慢用两个手指拿出来！”

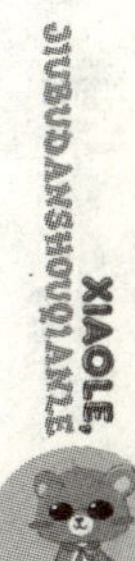

“我没带身份证啊！”

“那就先把驾照拿出来。”

“李全梅……你叫李全梅？”

“不是！我叫李金梅！”

“字不清晰……照片也不像……”

“真的是我啊！只不过现在头发长了，胖了点。”

“我觉得照片上的人漂亮一点。”

“你检查完了吧，可以了吧！”

“不行！因为你没带身份证，所以我怀疑你使用别人的驾照！可能是你姐姐或妹妹的！或者就是伪造的，请你还是等刑警来！他们最近正在调查一起伪造驾照案件。”

“可我这真的是真的啊！”

“那你等等，我核实一下。”

（过了20分钟）

……

“经过核实，你的驾照是真的！不过你刚刚闯红灯，现在加上堵塞交通，所以你的驾照副本我要扣下来，驾照还给你，但是由于你没带身份证，所以还不能确定你的身份，我已经通知派出所了，他们马上就到了。”

“对了，忘记跟你说了，以后没事少跟我贫！”

哄老婆秘籍(真实有用)

1.

问题一：你爱我吗?

错误答案A：“爱。”

错误答案B：“这还用问吗？”

错误答案C：“你烦不烦啊？”

标准答案：目光怜爱地望着对方三秒，然后深情地点一下头，同时发出“嗯”的声音，然后一把把她揽在怀里……

解析：答案A会让她觉得你太不严肃了，纯粹糊弄她；答案B会让她觉得你对她的爱不够坚定，而且她一定会喋喋不休地问到底，让你给她明确的答案，够你烦的；答案C过后一定是一顿大架或冷战。其

实女人对男人是不是爱她这件事儿心里特有数，她这么问纯粹就是撒娇调情，你抱抱她亲亲她比回答什么都让她高兴。

2.

问题二：你看我这件衣服好看吗？

错误答案A：“挺好看的。”

错误答案B：“还行。”

错误答案C：“真好看，我老婆穿什么都好看。”

标准答案：“来来来，转一圈让我看看……”待她害羞地转完一圈后，把她拉过来，拉着她的手微笑地看着她说：“嗯，真挺好看的。”

解析：答案A会让她觉得你应付她；答案B会让她觉得没自信，在她心里她穿什么你都应该觉得好；可是如果真说好看，像答案C一样她又会觉得你花言巧语不真诚。所以啊，你要表示出对她提的这个问题的认真程度，必须要仔细地看看再说。

3.

问题三：在她把她的闺蜜介绍给你认识之后，回到家她问：“你觉得我这朋友怎么样啊？”

错误答案A：“挺漂亮的。”

错误答案B：“不怎么样，比你差远了。”

错误答案C：“我都没怎么注意她。”

标准答案：“我觉得她对你挺真诚的，应该好好珍惜这样的朋友。”

解析：答案A纯粹是没事儿找抽型的，女人是绝不能允许你在她面前说别的女人好的（当然，母亲除外）；答案B听着就太假了；答案C你一定觉得回答得挺高明的吧，可是她压根儿就不会信，而且她会展开想象，分析你为什么不愿意对她的朋友进行评价。所以，要避开问题，转个弯儿回答，让她觉得你一切都是为她着想，她会有被呵护照顾的感觉。

4.

问题四：你觉得我胖了吗？

错误答案A：“没胖。”

错误答案B：“好像是胖了。”

错误答案C：“呦，是不是最近太累啊，怎么都瘦成这样了？”

标准答案：“过来让我抱抱。”等抱过之后你再说：“我就喜欢你这样的，有点肉。”

解析：答案A回答得太干脆了吧，她听着不过瘾。答案B纯属找骂，女孩子怎么能喜欢听别人说她胖呢？即使你再三强调你喜欢胖的，她还会不高兴；答案C听着都那么虚伪。其实，在女人的心里，她还是希望男人不在乎她的胖瘦，虽然嘴上说为了你减肥，其实是为了自己更漂亮，能穿更多好看的衣服。所以你用肢体语言表示出你喜欢她有点儿肉就可以了。

5.

问题五：我和你前女友比起来，你更喜欢哪一个？

错误答案A：“废话，当然是你了，要不然干吗跟你在一起。”

错误答案B：“嗯，怎么说呢，如果让我说实话，各有千秋

吧。”

错误答案C：“她比你差远了。”

标准答案：狠狠地咬她一口或亲她一下或捏她的小脸蛋，等到她撒娇地嗷嗷叫的时候，你就说：“下次再问这种无聊的问题，还得这么惩罚你。”

解析：答案A也太生硬直接了吧，她接下来就会问：“那你以后碰见比我好的是不是也得把我踹了啊？”答案B您就等着分手吧，也忒实在了。答案C听上去还不错，但你这不是抽自己嘴巴嘛，你说自己前女友不好会让女友很得意而降低了你自己的身价。其实在女人心里，她特别希望你的前女友是个特别优秀的女人，而偏偏是你不愿意跟她好了，这样女人心里会有成就感的。可是你又不能直接说前女友有多好，所以就用她喜欢的方式来回避问题吧（至于她是喜欢你捏她的脸蛋儿还是咬她一口我就不知道了）。

6.

问题六：如果我和你妈妈同时掉进水里，你会救哪一个？

错误答案A：“你有聊无聊啊？”

错误答案B：“一块儿救。”

错误答案C：“宝贝儿，别难为我，再说这种情况也不会发生的。”

标准答案：“哦，我没告诉你吧，我妈是游泳健将。”

解析：虽说问这个问题确实很无聊，但你也不能像答案A那样，这会引来喋喋不休的争吵；听到答案B她一定会不甘心地追问下去，你不想清静清静吗？答案C听上去还不错，但还是很牵强。不如就幽默一回，别让她一天到晚地老杞人忧天没事儿找事儿了。

7.

问题七：如果我老了难看了，你还会爱我吗？

错误答案A：“不可能，你老了也好看。”

错误答案B：“女人不同的年龄段有不同年龄段的魅力……”

错误答案C：“没事儿，你老了我也好不到哪儿去，咱俩谁也别嫌弃谁。”

标准答案：“我巴不得你难看点儿老点儿呢，这样放在家里多放心啊。”

解析：答案A她虽然听着高兴，但心里知道这是绝对不可能的；答案B就赶紧打住吧，唐僧来了；答案C不就说她老了肯定不好看了嘛，她怎么能接受呢？所以啊，最聪明的答案就是既让她打消顾虑，又让她知道你特别在意她，特别怕失去她。

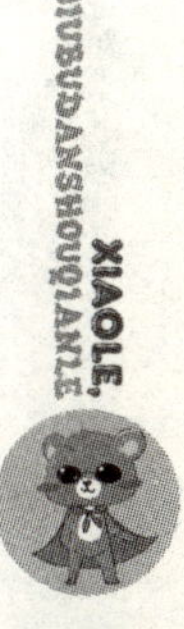

高科技手表

有一个人赶飞机，却忘记了戴手表，于是他想找个人问问。这时，他看见一个人提着两个巨大的手提箱吃力地走过来，那人的手腕上戴着一块异常漂亮的手表。

“请问，几点了？”他问道。

“哪个国家的时间？”那人反问。

“哦？”这个人感到很奇怪，“你都知道哪些国家的时间呢？”

“所有的国家。”那人回答道。

“哇!那可真是一块好手表呀!”

“还不止这些呢，这块表还有GPS卫星系统，可以随时收发电子邮件、传真，这个彩色的屏幕可以收看NTSC制式的电视节目!”那人给他演示，果真如此!

“啊!真是太神奇了，我真想拥有一块这样的手表，您可以把它卖给我吗？”这个人充满了无限的期望。

“说实话，我已经烦透这块表了，这样吧，900美元，如何?”

这个人觉得有点贵，但是他太喜欢这块表了，马上掏出现金，给了那人900美元，“成交!”

“好的，现在，它是你的了。”那人如释重负，把手表交给他，“这个是你的手表。”等他欢天喜地地戴上这块神奇的表后，那人指着地上的两个大箱子说：“这两个是电池！”

数字与婚姻

因为家里穷，儿子又太实在，眼看儿子快三十了，还是光棍一条，王老汉心里急得什么似的。

恰好有人给儿子提了一门亲事，也是王老汉情急生智，终于从村里有名的“二诸葛”那里讨回了一个既客观又有些夸耀的家境“秘籍”，如法炮制地给儿子交代了一番。

到相亲那天，儿子特意从左右邻舍拼凑了一身整洁的衣服。俗话说，人靠衣服马靠鞍。壮实的身体加上衣着打扮，儿子总算还说得过去。

“家里生活怎么样啊？”闺女的爹问。

“还将就，三五天小改善，七八天大改善，初一十五也吃面。”王老汉的儿子按着父亲的吩咐回答，闺女的爹觉得挺满意。

谁知儿子回来后，女方偷偷来村里打听了一下，完全不是儿子说的那么回事。

第二次儿子去女方讨回信时，闺女的爹又问起上次的话，儿子解释道：“我说的都是实话，三五天说的是乘法，七八天用的是加法，我家初一十五吃的就是面，不过好的时候是三和面，大部分时间吃的是玉米面。”

“啊！”闺女的爹不由得摇起了头。

儿子回来了，王老汉急忙问儿子的婚事如何，儿子告诉父亲：“有一半成。”王老汉开始还满心欢喜，听了儿子后面的解释，无奈地叹了口气。

“爹，咱愿意，人家不愿意！这不是一半成！”

毕业班的班训，超NB

鉴于大家已经二十有余，事业奋斗得也差不多了，全班现在要统一思想，统一认识，把下一步的工作重心转移到家庭建设上来。要把“必须快找，必须快结，必须快生”作为我们的指导方针。下一个五年对我们来说是关键的五年，具体班情是大伙的年纪都不小啦，当然个别除外，社会的压力越来越大了，大的环境是好女孩和好男孩成为争夺的首要对象，而且愈演愈烈。如果我们不抓住这个机遇，错过了末班车，以后的美好生活将无从谈起。

同学们，朋友们，努力创造美好明天！我们正处于结婚生崽时代的初级阶段，经过二十几年的努力，虽然取得了结识众多异性的巨大成就，但是人口众多，人均资源相对短缺，局部个人发展很不平衡。现阶段的主要矛盾，是爱我的人我不爱，我爱的人不爱我之间的矛盾。情敌竞争已经不是现阶段的主要矛盾，但是它在一定范围内还将长期存在，并且在一定条件下还可能激化。我们要允许一部分人先结起来，生起来，先婚带后婚，最终实现共同发展！

兄弟，肉呢？回去锅里了

想当年我上高二的时候，化学课上，老师拿着一瓶氯气说：“这是有毒气体，不要像我这样闻。”然后自己对着瓶口轻吸了两口。第二天化学课上，隔壁班的化学老师来给我们代课，说：“你们老师身体不适住院了，今天的课我来上……”

学生的周末，是个特别纠结的日子。复习吧，会觉得很可怜；不复习出去玩吧，又会觉得很内疚。

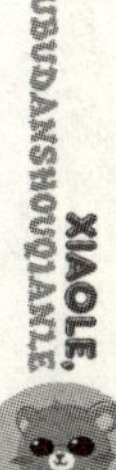

今天，宿舍一哥们儿心情不错，唱着歌就回来了，“小燕子，穿花衣，年年春天来这里，我问燕子你为啥来，燕子说，这里的……山路十八弯……”

晚上在食堂吃饭，打了一份回锅肉。我一看里面都是土豆片儿，就问给我打菜的人：“肉呢？”他还没说话呢，我后面的人接茬说：“回锅里去了……”

世界上最遥远的距离是——老师讲到第8章，学霸看到第9章，而我在看……序……

“单词，快到脑子里来！”“你才到脑子里去！你就不能换个大点的脑子吗？”

今天跟女友吵架……吵得很凶，后来去上网不跟她吵了，她在一旁使劲地骂，我默默地打开淘宝找到她一直想买的那件1200大洋的衣服，下完单喊她过来，她一看电脑顿时小鸟依人地黏过来：“大爷，奴家错了！”顿悟啊！女人的心情，三分天注定，七分靠shopping！

你今天流的汗和泪，都是你当初选专业时脑子进的水……

八戒：“猴哥，师父的白龙马最近性情有些古怪，每次我和它开玩笑，它都会在泥地打个滚儿，然后跑开几步拉马粪。”

悟空：“呆子，小白龙不善言辞，它的这两个动作表述的含义是：‘泥马，去屎……’”

北方的干冷是物理攻击，多穿衣服就可轻松防御；南方的湿冷是魔法攻击，穿再多衣服都没用，得要抗性！

胖子伤不起的穿衣理由：穿红色，穿上就跟西红柿似的；穿绿色，穿上就跟西瓜似的；穿黄色，穿上跟柚子似的；穿白色，穿上跟卷心菜似的；穿黑色，穿上跟狗熊似的；穿米色，穿上跟土豆似的；就算啥也不穿，也跟一大肉包子似的。胖子们伤不起呀！

刚才去财务报销，2900元，我跟出纳说我这正好有100，你给我3000，出纳笑了，我哪说错了？一时想不通，反应过来才发现自己智商真的是硬伤啊！

“老板，这件夹克多少钱？”“500。”“哇塞，这么贵，那旁

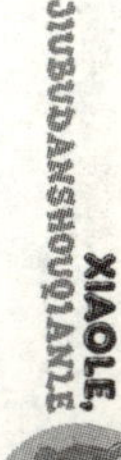

边这个呢？”“那件新款，两个哇塞。”

做梦梦见对象死了……哭得很伤心……醒了之后发现自己根本没有对象，哭得更伤心了……

夫妻两个人，辛辛苦苦打拼，买了个海景别墅，还房贷每天压力巨大，早出晚归，他们家的保姆每天做的最多的事情就是抱着他们家的狗在阳台上看海，喝咖啡。

每个近视眼的悲哀：摘掉眼镜世界就是个平面。30米开外雌雄同体，50米外人畜不分！

弟弟上小学五年级，有次语文考试，有道题是解释成语“六神无主”的意思。他写的是：“这……瓶……花……露……水……是……谁……的？”我……给跪了！

一天，用微信加了个女性好友，她说自己住美国，马上要回国了，从未到过中国，好激动。满嘴英文单词配很嗲的中文。我多想用标准的普通话和她说：“大姐，我是搜附近的人加的你。”

学校好不容易组织一次看电影，挺高兴的一件事儿，全让一篇观后感给毁了!

一天妈妈回来发现小新在哭，就问他怎么回事。小新回答说：“刚才爸爸钉钉子时砸了手。”妈妈很奇怪，又问：“那你怎么会哭呢？”小新说：“因为当时我笑了……”

数学证明题无非两种，一种是：“这还用证明？”另一种是：“这也能证明？”

我大学刚毕业来这家公司面试的时候，老板语重心长地对我说：“虽然薪水不多，但是你可以在这里获得快速的成长，这对年轻人来说是最重要的。”现在，两年过去了，老板没有骗我，我看起来已经像是40岁的人了。

小白兔请小老虎到家里吃饭。第一道菜，小白兔说：“来，吃青菜。”小老虎很郁闷；第二道菜，小白兔说：“来，吃萝卜。”小老虎还是很郁闷；第三道菜，小白兔说：“来，吃藕。”小老虎终于高兴了，立马就把小白兔吃掉了。

本人和初恋有3年多没联系了，昨晚上他突然加我微信，问我：“你这些年玩够了没，玩够了就回到我身边吧！其实我一直都很爱你！”我很认真地回了句：“我孩子都2岁半了。”

清晨，她对他说：“老公，我昨晚把货都搬到车里了，累死了。你去处理下就完事啦！”看着熬了一整夜的妻子，他心疼地说：“老婆你真好，把粗活累活都自己干了，轻松的事却留给我。”说完泪水已经决堤，他默默在右上角的购物车栏点下了“全部付款”。

“9对3说，我除了你，还是你；4对2说，我除了2，还是2；1对0说，我除了你，一切都没有意义；0对1说，我除了你，就是孤独的自己。”数学是最浪漫的，它比世上任何东西都要完美，它从不说谎，也不会背叛。

丈夫：“研究表明，女人每天说话要比男人多一倍。”妻子：“那是因为我们女人重复多少遍你们男人才能听得进去。”丈夫：“啥？”

物理课上讲动量守恒，老师：“一个鸡蛋去撞另一个鸡蛋，谁碎了？”一同学举手：“心碎了……”老师：“谁的心碎了？”同学：“母鸡的心碎了……”

唐僧师徒取经，遇六耳猕猴作祟，真假猴王无人能辨，只能到唐僧跟前求鉴定。唐僧说：“为师要吃西瓜。”两只猴子立马都变作了西瓜；唐僧说：“为师要吃苹果。”两只猴子立马都变成了苹果；唐僧说：“为师要吃桃子。”两只猴子又立马都变成了桃子。唐僧说：“八戒，把那只猕猴桃给我拿下！”

一哥们儿借了我500块钱过了很久都没还，我也不好意思开口要。于是每次我们去KTV唱歌时，我都点《你的背包》，到最后一句我就会深情地对他唱：“借了东西为什么不还？”他还不知情地对我鼓掌叫好：“唱得真好！”我都无语了……

每个月从发工资那天起，开始是嚣张地活一个星期，然后淡定地活一个星期，接着无奈地活一个星期，最后在对工资的无限期盼中活一个星期……

电梯坏了。老实巴交的肯德基小哥也不知道打个电话，像圣斗士一样背着四四方方的大箱子一层层地爬楼。我看着有些不忍，就上前与他攀谈，希望借此减轻爬楼的枯燥与劳累。终于，小哥到达了13楼。他感激地对我说：“谢谢你，大哥。”我说：“不必客气。把我订的肯德基给我吧。”

我家10楼，电梯坏了两天了。周末懒得下楼，就叫肯德基外送。结果连续两天来的都是同一个大哥，第2天来，大哥喘着说：“哥，明天别点肯德基了，麦当劳出新品了，你不试试？”

我和男友从没有kiss 过，有一次他抱着我，说：“好想尝尝你唇膏的味道。”太文艺了！我从包里拿出我的唇膏，说：“你尝尝。”

上午和妈妈去买菜，我问卖菜的大叔：“这是菠菜吧？”大叔：“喵——”我又问了一遍，大叔：“喵——”我觉得太可怕了，于是转身拉我妈赶紧走了。买完菜回家的路上，我又说起那个大叔，我妈告诉我那菜是“菠菜苗”。

女生跑800米有没有这样的情况！跑之前：我跑不动的！怎么办！对的！我也跑不动的！等等慢点跑啊！跑一起跑一起！好啊好啊一起跑！真的到跑步时，说好的一起跑呢？别傻了！人家都冲前面去了！人家超你时那股杀气就跟从没认识过你一样！

儿子一年级时有道题，14个人划船过河，小船可以载两人，问几次可以过完？儿子答13次，老师的答案7次，儿子追着老师问：“船谁划回来的？”

青年：“我想要有很多钱。”禅师：“只要你能找到七个球，你的愿望就能会实现。”青年：“您是说七龙珠吗？”禅师摇摇头：“不，是双色球……”

你一年要网购掉多少钱？按不同额度划分，500以下为“勤俭持家型”；500~5000为“普通青年型”；5000~1万为“铺张浪费型”；1~3万为“剁手型”；3~5万为“拉出去枪毙型”；5万以上为“枪毙10分钟都不为过型”。“开了支付宝，生活真潦倒。”“再买就剁手！谁也别拦我！”“剁完手发现自己是千手观音啊有没有！”

一同事钻桌子下，不一会儿惨叫：“完了，我按错钮了，我按了所有电脑插线板的总开关！”大家诧异：“但是我们的电脑还都亮着啊？！”同事的声音从桌下传出：“我手还没抬起来呢。”全办公室沉默两秒！“关机！快关机！保存！你挺住，挺住啊！”

“月薪多少？”“两万多一点。”我望着工资条上的“2000.0”……

一直觉得《西游记》有个bug，唐僧肉吃完长生不死，他为什么不咬自己一口？咬完任你各路妖魔奈我何？后来想明白了，觉得吴承

恩设计得真是缜密——和尚不能吃肉。

“老公，我看到一个包包可漂亮了，那眼色……那外形……那……”

“说重点。”

“三千……”

一个真正的学习高手不仅能在一场考试中狂砍90分+，而且还能送出许多60分+的助攻。

老板！有人在玩你的鸟！

“问你个问题，五位数字你最怕哪个数字？”

“嗯……让我想想。”

“我知道，是10001，20001，30001，40001。”

“这是为什么?”

“不怕一万，就怕万一。”

“……”

手头没有计算器，就百度了一个应用，发现有一个语音计算器，感觉挺高级的，就打开试试。然后，悲剧就发生了……对着计算器吼了半天，居然一点儿反应也没有。试着用鼠标点了一下数字，计算器用标准的普通话说：“九。”

“孙悟空很傻很天真，他就是一只猴，永远不可能是人。他看守蟠桃园，7个仙女过来摘桃，他喊了一声定，这7个仙女都定这儿了，他竟然转身去摘桃了！可见猴就是猴啊！”

“要是你呢？”

“我得拿个篮子。”

日历摊的老板贴出了一张纸：“不要再翻了，明年2月9号过年！”

喜欢就去追呗，管人家有没有男朋友干吗，球队还有守门员呢，球不是照样进吗？

高考结束了。公布成绩当天，班主任看到了一个很不喜欢的同学笑呵呵地走过来。于是出于礼貌地问：“考得怎么样？”

该同学回答：“不行，不到600分。”（满分720，考600分差不多可以读北大了）

老师很是震惊，激动地追问：“那么，多少分？”

该同学回答：“350！”

有只鹦鹉很聪明，饭店老板用它招揽顾客，每当有客人来用餐的

时候，鹦鹉就说：“欢迎光临！”客人走时就说：“谢谢惠顾！”一个女孩很好奇，就在门口来回地进去出来，结果鹦鹉在那儿不停地说“欢迎光临”“谢谢惠顾”。最后，那只鹦鹉实在是忍不住了，大声地叫道：“老板！有人在玩你的鸟！”

手术室护士说：“今天有个老太太做全麻手术。我看了下病例，她自己骑自行车摔得右股骨骨折。因为要确认患者是否清醒过来了，所以拍拍老太太肩膀问了句醒了没。老太太抓着我的手不放：‘就是你撞的我！’……”

机场里一个姑娘对着登机口跪地大哭：“你为了国外的生活，就可以这么抛弃我吗？连最后的一面都不肯见我就偷偷跑掉，有种你走了就别回来！”一名工作人员走过来扶起姑娘，帮他拍掉身上的泥土：“对不起姑娘，这是国内航班……那啥，你哭错口了。”

一天和老公逛街，路过一个时装店，看到里面的衣服真不错，顿时就有了购买欲。

我对老公说：“这家的衣服真漂亮，咱进去逛逛。”

老公：“逛什么逛，这种店里面的衣服都超级贵，你带钱了没有?”

我一看钱包没多少钱，说：“没有。”

老公：“那走，进去逛逛。”

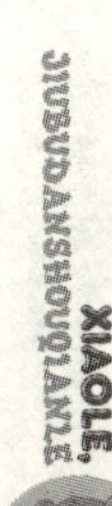

上班和老婆QQ聊天，我说我不知道怎么搞的打嗝了，一直停不下来，老婆不说话，过了会儿突然来句：“我要和你离婚！”我愣住了（我和老婆在异地），各种乱七八糟的想法浮现出来。过了一会儿，老婆嬉皮笑脸地问我：“老公是不是不打嗝了？我上网查了，突然惊吓能止住嗝……”

想讨好一下爸妈，便自告奋勇一个人来做晚餐，但碍于水平，结果呢，饭夹生，菜有的咸，有的淡，有的糊，一家人都沉默着吃完，过了好一会儿，老爸挺认真地对我说：“蓉蓉，我们，今天，没有哪个地方惹你不开心吧？”

生活不易，全靠演技。把角色演成自己，把自己演到失忆……

“爸，好冷啊！”

“站到墙角去。”

“为什么啊？”

“那里有90°。”

“……”

“还是好冷！”

“躺地上。”

“为什么啊？”

“因为那里是180°。”

“……”

“爸，好冷啊！”

“转一圈。”

“为什么啊？”

“这样是360°。”

“……”

我在餐厅，我妈在客厅跟我吼：“你去厨房把那个，那个，那个什么拿过来！”我：“到底拿什么？”我妈：“算了，算了，指望你干点事都干不成！”

一天到学校门口买水果。一个摊位的生意特别火，我过去看了看。走近才听见那边喊的是：“橘子大减价啦，一块钱两斤，两块钱三斤，三块钱四斤……五块钱六斤，快来买呀！”一群大学生，全都在买五块钱六斤的。

在英国上学，外教一直很惊讶中国人起的英文名。有个男生给自己起了个Astroboy（阿童木）。外教特别惊讶表示不理解，我们都觉

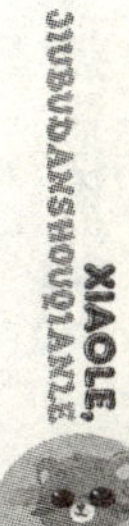

得还好。后来学姐淡淡地告诉我们："你起阿童木，就相当于你问一个老外他的中国名字，他说叫葫芦娃一样。"

我觉得，我这辈子最灿烂的笑容，大概都奉献给我的电脑屏幕了。

每次吃好吃的东西，第一反应都是想起女朋友。"这个她吃过吗？这个她应该很想吃吧？一定找个机会让她也尝尝。"从本质上说，这是一个吃货对另一个吃货的情到深处。

据说双鱼座和巨蟹座会特别默契。因为……因为……因为他们都是海鲜。

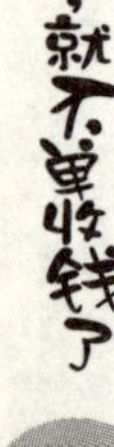

我每天都要思考三个重大问题：1.早上吃什么。2.中午吃什么。3.晚上吃什么。

一男骑摩托车，后座上带着一个四五岁的小孩。那男的骑术太差，小孩摇摇晃晃，终于摩托车一颠，小孩掉下来了。那个男的浑然不知，我停下车把孩子抱上来，加大油门追上了他。埋怨道："你怎么骑摩托的，孩子掉了你都不知道？"那个男的瞪着眼睛看了看孩子，大叫道："你妈呢？"

和老爸聊天，帮他处理电脑问题，于是使用了远程访问，后来没有关。我跟老爸说：“爸我想买个iPad看书。”于是我看到了爸在那边打字：“要多少钱啊？”然后逐字删掉，换上另一句话：“买呗。”

中学的数学老师叫宇文天。一天有同学叫他宇老师，估计是不知道还有个东西叫复姓。老师很尴尬地说：“同学，我姓宇文，叫我宇文老师。”这位同学愣了一秒钟，说：“但是你是数学老师啊！”

朋友开车在高速公路，我坐在副驾驶。前头一辆皮卡突然一个急刹车，我看得惊慌失措，连忙抓住朋友大喊：“皮卡！皮卡皮卡皮卡皮卡！”朋友二话不说就是一个耳光：“卖萌！”

狄仁杰和元芳在山坡上搭帐篷露营。入夜，狄仁杰醒来，用肘部弄醒元芳：“元芳你看！天上有什么？”元芳：“一弯明月！”狄仁杰：“这事你怎么看？”元芳思索片刻后道：“嗯，月色不错，没有星星，明天应该是阴天！”狄仁杰：“笨蛋！我们的帐篷被偷了！”包拯：“两位莫惊，帐篷还在！是我……”

爸爸教孩子：“一次，乌龟和兔子赛跑，结果兔子太骄傲，被乌

龟抢先了。兔子拼死狂追，结果撞到树上死了，恰巧一农夫经过这里，拿起了兔子回家煮了吃，从此他便整日守在这里，不干活。庄稼短了不少，然后他就把庄稼一一拔高。这就是龟兔赛跑、守株待兔和揠苗助长的故事。”好有效率的爸爸。

大四学姐签名：“莫言得了诺贝尔奖，我的论文《诺贝尔奖离中国还有多远》该怎么写下去啊！”

手机响了，竟然是前女友打来的，我呆呆地望着屏幕。铃声一消失，马上关机取出手机卡，找出两年前用的诺基亚装了进去，发短信给她：“没听见，再打来。”片刻，她果然打来了，我猛地抓起电话，大吼：“你还有脸打来！？”然后用尽力气把手机摔了个稀巴烂！

小橘子一蹦一跳地跑回家，“爸爸，爸爸，我明天要参加围棋决赛啦。”“是吗？你的对手是谁呀？”“是隔壁班的猕猴桃。”橘子爸爸的神色忽然凝重了起来，缓了缓说道：“可不能轻敌呀，听说他们都被称为棋艺果呢。”

老婆喜欢吃零食，怀孕后老公不让吃乱七八糟的零食了，于是偷偷吃。一天老婆出去买了一包棉花糖，藏在橱柜上，上面还盖了个塑料袋，结果被老公发现了：“这是什么？”沉默了10秒钟……无奈咆

哮：“你以为你一米六的个子看不到的地方我一米八就看不到吗？”

我每天的状态很有规律：上午一副没睡醒的样子，下午一副睡不醒的样子，晚上一副打了鸡血的样子。

“我后悔当初去买iPhone4S啊！”

“为什么？”

“我捐了一个肾！现在iPhone5又要上市了啊！”

“你可以捐精啊，很赚钱的。”

“关键是我肾亏啊！”

“喂，听得清吗？”

“听得清。很清晰，比以前好多了！”

“哈，那是因为我换iPhone5啦，话筒离嘴巴更近了呢。”

其实黑色iPhone5掉漆不是质量问题，而是苹果设计的人性化功能。

半年之后，你会得到一个灰色iPhone，9个月后，你会得到一个熊猫版iPhone，一年后，你会得到纯白色iPhone。

大一时第一次上自习，我坐在教室里闷得慌，随即跑到过道抽

烟。刚点着烟没一会儿，来了个漂亮女生，对我说：“现在上自习呢！你怎么跑出来了？”我说：“无聊出来抽烟，MM你是哪班的？怎么也跑出来了。”漂亮MM指着我们教室说：“那个班的！”当时我好激动地说：“我们一个班的啊？怎么，你也郁闷吗？”她说：“嗯，我们班一个新生上自习跑出去了，我出来找他。”我笑笑，看来也还有坐不住的：“你找他干啥，你又不是他妈！”MM：“没办法啊，我是他班主任！”我当时就蒙了……一分钟后，憋出一句话：“老师，您看着真年轻……”

一天去吃肯德基，排在我后面的像是一对儿情侣，眼看他们点了一大堆吃的，然后坐到我旁边。坐下后，那个女孩就开始埋头猛吃，好像饿了好几天的样子，而男孩则一根一根地啃着薯条，好像有什么心事。突然，男孩放下薯条，往前凑了凑，很认真地问：“菁菁，我追你行吗？”女孩头也不抬，直接说：“不行！”男孩又问：“一点可能也没有吗？”女孩干脆地说：“一点可能也没有！”男孩愣住了，两眼直直地看着她，呆在那里……当时，女孩一手拿着鸡腿，一手拿着汉堡，觉得男孩在看她，于是暂停大吃，然后用可怜的眼神看着那个男孩，小声说：“那……我还能吃吗？”旁边包括我在内的人都笑出声了，那男孩很无奈，忙说：“吃吧，吃吧……”这MM太可爱了……要是我不让追也一定要追……死命地追！

一哥们儿上厕所，结果误入女厕，进去之后发现没有小便池，感觉不对，幸好女厕内没有人。他便若无其事地走出来。正在开门的时候，遇到一MM进来，那MM和他打一照面，脸一红，头一低，转身钻

男厕去了……

公共汽车上人太多了，特别热、特别闷，不知谁又放了一个屁，这下环境更加恶化。我朋友实在受不了了，又不知道是谁，没办法。正好，售票员问：“谁没有买票？”我朋友忽生一计，大声说：“放屁的没买票！”忽然，一个特别胖的女人，手高高地举着票，大声说：“我已经买票了。”

学校里丢自行车的情况特别严重，新车眨眼就没，不过有时运气好，丢失的自行车隔几天又会冒出来。一日，同宿舍小静新买了一辆变速车，她逢人便炫耀说：“这车我上了最新式的锁！”第二天，小静上晚自习回来，一副萎靡不振的样子，手里还捏了一张纸条，上面写着：“别当这儿没高手，车我借走了，过几天还你！”不几日，那贼真的把车给还回来了，小静很是高兴，但她担心车被再次“借”走。遂买了十把大锁，把车子五花大绑地锁了个牢实，还给贼贴了张纸条：“看你还怎么‘借’！”次日早晨小静下楼的时候，发现车上多了五把锁，锁上还有一张纸条：“看你还怎么骑！”

初中时，一个男生想抄一个女生的作业，怕人家不同意，就趁她出教室后翻人家的书包，结果翻出来一个卫生巾，他惊讶地说：“哇！好大的一个创可贴啊！”

中学时一同学乔迁请大家到他家里吃饭……很多很多菜。饭桌上他老妈站起来客气地对大家说：“你们一定要吃饱喝足，不要客气，更不能浪费。现在搬新房了，家里没养猪，倒掉会很可惜的。”

C君与朋友进入一家高档商场。进了店门后才走了两步，朋友忽见他在光滑的大理石地面上作滑冰状，甚感奇怪。问他何故，C君一边继续滑一边指着旁边的牌子，认真地说：“既然来了，就要遵守这儿的规矩。”那牌子上写着：“小心地滑。”

领导下乡普查，问一老农：“你知道近亲为什么不能结婚吗？”老农憨厚地笑答道：“呵呵呵，呵呵呵，关系太熟不好下手。”

某大学新落成一雕塑：一位少女左手捧一本书，右手高擎一只象征和平的鸽子。校方向学生征集名称，结果许多人的名称不谋而合——读书顶个鸟用！

一次文学考试中有这样一道题：“名词解释：莎翁（莎士比亚的尊称）。”有个同学，他这样回答：“莎翁，一种奇怪的鸟。”